男女比1:5の世界でも普通に生きられると思った？2

「〜激重感情な彼女たちが無自覚男子に翻弄されたら〜」

著 三藤孝太郎
画 jimmy

「篠宮《しのみや》 汐里《しおり》」
清楚系文学少女……に見せかけて、
そのウラの顔は、
将人にデュフる陰キャオタクで……!?

……っべー。っべーよこれ。
いや待て。ブックカバー（偽表紙）は装着済み。
これの中身がエロ小説であることは、
バレちゃいない。
「あ、えっと……
田坂さんの、これを読んでてて……」

男の子なら誰でもいいなんて、
絶対に思わない。そのはずなのに。
将人には何故か
どうしても惹かれてしまう。
恋海の想い人なのに。
絶対に好きになっちゃいけないのに。

なんで止めてくれないの……？
良い人なんか、いないよ……。
私にはあなたしかいないんだよ……？

「ど、どうでしょうか……？」

「うん、可愛いね。よく似合ってるよ」

CONTENTS

Danjohi 1:5 no
sekai demo futsu ni ikirareru
to omotta?

男女比1:5の世界でも普通に生きられると思った？②

〚～激重感情な彼女たちが無自覚男子に翻弄されたら～〛

Danjohi 1:5 no
sekai demo futsu ni ikirareru
to omotta?

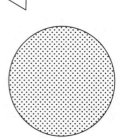

著——三藤孝太郎
画——jimmy

プロローグ

Danjohi 1:5
no sekai demo futsu
ni ikirareru to
omotta?

「ただいま～」

家に帰って来た時、この「ただいま」という挨拶だけは欠かさないようにしてる。お母さんに、ちゃんと帰って来たことを伝えたいし、逆に、私が家にいる時に、「ただいま」って声を聞くと、ちゃんとお母さんだって認識できるから。細かいけど、私にはそんなこだわりがある。

「おかえり」

……え？

靴を脱いでいると、後ろからその声はかかった。それは、「ただいま」に対する返答としてはとっても正しい挨拶であるはずなのに、その声色が、『男の人』のものでびっくりしてしまう。

もう世の中から男の人が少なくなって数十年。今日本の男女比は、1：5と随分と偏ってしまった。そのせいで、最近では男の人を女の人が襲ってしまう事件やら、一夫多妻制を導入しようとする声なんかも出てきているくらい。

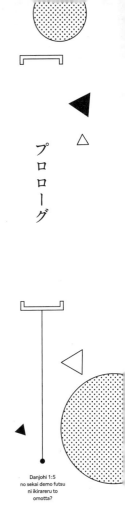

そして我が家も、今時別に珍しくはない、母子家庭で。もちろん兄弟もいないので、基本我が家に男の人がいることは無いはずなんだけど……。

なんで私の家に男の人が？　驚いて、後ろを振り返ってみると。

「おおおおお兄さん⁉」

「うん。由佳《ゆか》、おかえり」

にこやかな笑みで迎えてくれたのは、片里将人《かたさとまさと》さん。私の尊敬する人であり……大好きな人。

って、そんなこと言ってる場合じゃなくて、なんで将人《まさと》お兄さんが私の家に？　っていうかなんで当然のように私の帰りを待ってくれているの？　ここは天国なの？

「今日もお疲れ様、由佳《ゆか》」

「ほぇ、いや、あの、はい……？」

頭の整理が追い付かない。一体何がどうなって……？

「由佳《ゆか》、ご飯にする？　お風呂《ふろ》にする？　それとも……」

こ、これは……！　フィクションでしか見たことの無いやりとりが、今目の前で行われている。私は、生唾をごくりと飲み込んで、次の言葉を待った。

するとお兄さんは、少し恥ずかしがるように笑いながら。

「……お兄さんにする？」

「お兄さんにします（即答）」

反射的にその声は出ていた。音速で私は靴を脱ぎ捨てて、そんないじらしいお兄さんの胸に飛び込もうとして──

ピピピピ、ピピピピ、ピピピピ。

「……うん、まあ、そうだよね……」

それはある種、当然の結末で。

うるさく鳴り響いて朝を知らせる目覚まし時計の頭にチョップを食らわせながら、私はため息をついた。

最近、こんな夢ばっかり見る。……まあそれは、私がお兄さんのことばっかり考えているのが、理由の一つなのはもちろんなんだけど……。

大きく伸びをして、ふと、ベッドから見える位置に置いてある、バスケットボールが目に入った。ケースに入ったそれは、今は何も物言わず、ただ置いてあるだけ。

少し前に、先輩達によるちょっと過激な指導を受けていた時のことを思い出す。正直、私は同級生の中でも……そして先輩達の中でもかなりバスケが上手な自覚はあったし、こういった嫌がらせも、学校で受けていたからある程度覚悟はしていた。

でもその日は特にひどくて……本格的に、倒れちゃうかも、と思ったその時。

『随分楽しそうな練習するんだね』

今思い出しただけでも、身体中《からだじゅう》に駆け巡る、あの時の感情。助けに来てくれたのは、大好きな、お兄さんで。

物語に出てくる王子様のように、颯爽《さっそう》と私を助けてくれたお兄さん。

本当に嬉《うれ》しくて、やっぱり大好きなんだって再確認できて、恥ずかしい気持ちも全部忘れて、抱き着いたあの時の気持ちは、きっと一生忘れない。

……でも。

私は、自分の両の手を開いて、見つめる。

まだまだ小さくて、幼い、自分の、身体《からだ》。

こんな私では、お兄さんは恋愛対象としては見てくれない、気がする。私がもう少し大人だったら、なんて。

「はあ……」

最近は、こんなことを考えてばかりだ。もう一度、ごろんとベッドに寝転がってみる。眠気は、既に飛んでいて、二度寝はしようと思ってもできそうにない。

「……好きって、言ったらどうなっちゃうのかな」

それからしばらく。

布団《ふとん》の中で、私はスマホに入ったお兄さんの写真をただ眺めていた。

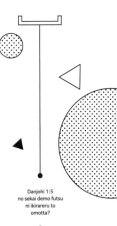

文学少女ＪＫは清楚？

文学少女ＪＫはお淑やか

Danjohi 1:5 no sekai demo futsu ni ikirareru to omotta?

この世界に来てから、２ヶ月が経《た》った。

いきなり来た時はどうなるかと思ったけど、意外とどうにかなるものだね。

まあ、そもそも貞操観念がちょっとおかしいってだけで、他はなにも変わらないわけだし、当然っちゃ当然か。

これが異世界にフッ飛ばされて、あなたは勇者ですとか言われたらキツかったけど、一般人の俺でも普通に生きられるくらいには優しい世界である。

「ふわあ～……ねっむ……」

今日は土曜日で授業はない。

土曜にとれる講義もあるにはあったらしいが、恋海《こうみ》も入れてないって言ってたし、俺も土曜日は休みたい派の人間だ。

壁にかけてある時計を見る。時刻は午前10時半。

昨日夜中まで働いたことを考えれば、よく頑張って起きた方だろう。

「今日は確か……15時からか……うーん、とりあえず昼飯でも作るかな……」

今日は15時から予定がある。

寝ぼけまなこをこすって、のそのそと俺はベッドから出た。その際に枕元のスマートフォンを拾い上げると、何やら通知が。

《恋海《こうみ》》『なにそれめっちゃ面白いじゃんｗ』

《恋海《こうみ》》『んで結局将人《まさと》はなんのバイトしてんのさ～』

「……なんの話してたっけ……」

恋海《こうみ》は連絡先を交換してから、こうしてメッセージを日に2，3回送ってくる。

まあ、それくらいは前の世界でもよくあったコミュニケーションだし、俺も楽しいしで応じているのだが。

「流石《さすが》にバーの方は言えないよなあ……」

恋海《こうみ》の誘いを断ってしまった手前、金曜日の夜にバイトをしていることはバレている。

しかしここでバカ正直に『ボーイズバーで働いてるんすわｗｗ』なんて言った日には、『え……キモ……』とか『その地味な感じで……？』とか言われるのがオチだ。俺もそこまでバカじゃない。

しかし、俺には次なる手を思い付いた。

「そうだ！　こっちなら大丈夫やろ」

素早くスマホ画面をフリックする。

《片里将人《かたさとまさと》》『いやーそれがさ、実は家庭教師やってるんだよね』

ヨシ。これなら問題ないな。

そう、俺は家庭教師もやっているのだ。

土曜日の15時から。

こっちの方を言っておけば、なにも問題はないだろう。普通のバイトだ。スマホを閉じて、キッチンへと向かう。

確かまだ卵が2個と、ベーコンがあったはず……テキトーにチャーハンでも作るかあ～。

チャーハンは男の一人暮らしの最強料理だからな。

ピロン。

ピロン。

……？

炊飯器の残りのご飯を確認していたら、スマホが鳴っている。

おかしいな、恋海《こうみ》はメッセージ送ってからだいたい3、4時間は返事がこないはずだし、他に連絡くれるような友達なんていたっけ？

スマホを取りに行くと、そこには再び《恋海《こうみ》》の文字。

……返信早過ぎね？

《恋海《こうみ》》『か、家庭教師？』

《恋海《こうみ》》『まさかとは思うけど、女の子に教えてたり、とか？』

……？　なにか問題があるんだろうか。確かに恋海《こうみ》が言っている通り、相手は女の子だけれど。

《将人《まさと》》『そうだよ？　高校生』

簡潔に返して、また作業に戻る。

そんなに驚くようなことだろうか？　大学生で家庭教師とか塾講師やる奴《やつ》くらいけっこういそうなもんだけどな……。

炊飯器からしゃもじをつかって米をよそいだした、その時。

ブーッ、ブーッ、ブーッ。

机の上のマナーモード設定のスマホが、振動している。

あれはメッセージの通知ではない。

電話だ。

ここからでもわかる。画面には、《恋海《こうみ》》の文字。

……え？　怖いマヨ。


14時過ぎ。

俺は家を出て、家庭教師先へと向かっていた。

「いやはやマージで恋海《こうみ》のスイッチはどこで起動するかわからんなあ……」

あの後、電話に出た俺は、恋海《こうみ》の声の抑揚のなさに震えていた。

基本恋海《こうみ》は小悪魔可愛《かわい》い感じで一緒に講義とか受けてるとただただ眼福なんだけど、急にスイッチ入ると怖くなるんだよね。

気を付けようと思おうにもどこがスイッチなのかわからんから気を付けようがない。

結局、今日の電話は、俺が事情を説明する形でなんとか機嫌を戻してくれた。

月曜日出かける時ちゃんと説明するから〜って言ったらしぶしぶ納得してくれたらしい。良かった。女の子難しい……。


真っ青に染まった空を見上げる。

前の世界の時は、あんまり異性とのコミュニケーションで苦労をしたことはなかった。きっと、幼い頃に仲良くしてくれた子が異性だったからというのが大きいかもしれない。

そのおかげか、いわゆる思春期と呼ばれる時期にも、特に恥ずかしがることもなく、女の子と普通に接していた気がする。

だから、女の子から告白されることはあったし、実際に付き合ってみたこともあった。

けれど。

『片里《かたさと》君って、誰にでも優しいだけなんだね……ごめんね、今まで勘違いしちゃってて』

……付き合って1ヶ月程度経《た》った頃、唐突にそう別れを告げられたのだ。

養護施設暮らしが長くて、育ての親みたいな人から「人に優しくしなさい」と教わっていた俺の中では、そうするのは当然だったからこそ、突きつけられた言葉は衝撃で。

それと同時に、確かに、彼女に対して他の子と同じような接し方を続けていた自覚もあって。

そしてその事実を認識した上で、『彼女』という存在に対してだけ、態度を変えられる気があんまりしなかったから。もう俺はそういう人間なんだろうと諦めるしかなかった。


「はやくはやくー！　皆もう公園着いてるって！」

「まってよ～！」

元気な声が響いて、小さい女の子が数人、隣を駆けて行く。今日は天気が良《い》い。きっと友達と公園で遊ぶのだろう。元気にかけて行った少女達の背中は、みるみる内に小さくなって行って、やがて見えなくなった。

かうのだった。

……うん、あんまりナイーブになっても仕方ないし、昔の事は忘れよう。

ほろ苦い記憶を思い出して後ろ向きになっていた気持ちを忘れるべく、俺は早足で駅へと向かうのだった。


数分歩いた後、最寄り駅に到着。

家庭教師先は、ここから電車で5駅ほどだ。

家庭教師を始めた発端は、1ヶ月ほど前まで遡る。

まだ俺の収入源がバーだけで、当時は星良《せいら》さんも今ほど足しげく通ってくれていたわけじゃなかったし、(今はすごい星良《せいら》さんが払ってくれてるみたいでちょっとだけ贅沢《ぜいたく》できるようになったが)少し稼ぎが足りないかな～と思っていた。

最初バーの仕事を覚えるために働いていた時は金曜日以外もバリバリシフト入っていたからそれでもいいかなと思ったのだけど、藍香《あいか》さんに『こういう仕事をやりすぎるのは良くない』と言われたこともあって俺は金曜日だけ固定になった。

生活費は藍香《あいか》さんが相当負担してくれているのだが、それも申し訳ないし藍香《あいか》さんに相談したところ、藍香《あいか》さんがすげえ楽しそうな顔で「あ、じゃあ将人《まさと》は頭良《い》いんだし、ちょっと頼まれて欲しいんだけど」と言われて振られたのが、この家庭教師だったのだ。

なにやら藍香《あいか》さんの仕事のつて？　で知り合った女性の娘さんが俺の大学を目指しているら

しく。

その勉強の手助けをして欲しいとのことだった。

そんなこんなで、１ヶ月ほど前からとある女子高生の家庭教師をしている。

ちなみにこの前「家庭教師代口座入れといたから～」と藍香《あいか》さんに言われて確認したら、信じられない額が入っていた。なんで？

学生の家庭教師代でこの金額はおかしくない？　と思ったのだが、藍香《あいか》さんはにやにやと笑うだけ。

まあ……さしずめ藍香《あいか》さんが上乗せしてくれて俺が生活しやすいようにしてくれているのかもしれないが……。

やっぱり藍香《あいか》さんには頭が上がらない。

「さて」

電車を降りて、駅から歩いてしばらく。家庭教師先の家へと着いた。立派な門がついていて、庭を少し歩いた先に、玄関。

見るからに、良《い》いところの家って感じだ。まだ約束の10分前だけど、まあ良《い》いだろう。

インターホンを押す。

「すみません、片里《かたさと》です。汐里《しおり》さんの家庭教師で来ました～」

『は～い！』

元気そうな声が聞こえてきて、ガチャン、と門のロックが解除された音。

前も思ったけど、設備えぐう～。

玄関を開けると、そこには家庭教師をしている篠宮汐里《しのみやしおり》ちゃんのお母さんが。

「将人《まさと》くんこんにちは！　ありがとうね～！　汐里《しおり》ならもう２階の部屋にいると思うから、よろしくね！」

「はい。精一杯務めさせていただきますね」

靴を脱いで、家に上がらせてもらう。靴を揃《そろ》えるのも忘れないようにしないとな。どこで人となりをチェックされてるかわからないし……。

階段を上がって、汐里《しおり》ちゃんの部屋へ。可愛《かわい》らしい看板がかかった部屋の扉を、トントン、と２回ほどノックした。

「汐里《しおり》ちゃん？　片里《かたさと》です。入っていいかな？」

「は、はい。大丈夫です」

透き通ったソプラノボイス。汐里《しおり》ちゃんは綺麗《きれい》な声をしている。

ドアを開ければ、そこには長い艶《つや》やかな黒髪を、水色のリボンでハーフアップにまとめたスレンダーな少女が椅子に腰かけていた。

うーん本当にお淑《しと》やかって言葉が似合う素敵な子だ。

「こんにちは、汐里《しおり》ちゃん」

「はい、こんにちは」

……そういえば、今日は制服姿じゃないな。

今までは制服姿で授業をしてたのだが、なにか理由があるのだろうか。

「あれ、今日は制服じゃないんだね」

「そ、そうなんですよね。考えてみれば、せっかくのお休みに制服というのも変な話だなあって思いまして……」

椅子を少しだけ回転させて、こちら側を向いてくれる汐里《しおり》ちゃん。

うんうん。黒の半袖の上からベージュのダブリエ……いわゆるワンピースのようにそのままスカートまでつながっているタイプのオーバーオールが、彼女のお淑《しと》やかな内面とマッチしていてとても似合っている。

「へえ〜いいね、とっても似合ってるよ。制服姿しか見たこと無かったから、新鮮かも」

「……ふふふ……ありがとうございます。将人《まさと》さんの私服も、カッコ良《い》いです」

「お世辞言っても宿題は減らんぞ〜？」

俺も鞄《かばん》を置いて、教材を出す。

今では想像もつかないが、汐里《しおり》ちゃんと初めて会った時は、眼鏡で、三つ編みだった。

それがどういった心境の変化かはわからないが、次来た時にはもうこの髪型で、コンタクトに替えていた。

まあ、最初来た時どうやらお母さんが家庭教師が男であるというのを伏せていたっぽいので、焦《あせ》ったのだろう。

人の悪いお母さんだ……。

「さて……始めようか、と思ったけど、まだ5分前だね」

「そう、ですね。どういたしましょうか」

「せっかくだし、ちょっと雑談してから勉強しよっか」

あんまりガチガチにやるのは趣味じゃない。

もう4回目だけど緊張はやっぱりしているようだし、どうせなら緊張をほぐしてほしいしね。

この世界に来てから会った女の子の中ではかなり落ち着いているタイプだと思う。

由佳《ゆか》とか、しょっちゅう緊張しすぎて噛《か》んでるし。そんな緊張せんでもええのにねえ……。

ふと汐里《しおり》ちゃんの机の上を見ると、文庫本が置いてあった。

そう、彼女は文学少女なのだ。

「あ、本今日は何読んでたの？」

「あ、えっと……田坂《たさか》さんの、これを……」

「あ～それ面白いよね！『二階から、夏が降ってきた』……どんな生き方してたらそんな冒頭思い浮かぶんだろうねえ……」

正直、趣味が読書と言えるほど本は読んでいないけど、有名どころならちょっとだけ読んでいる。

前の世界とそのへんも共通で良かった。

共通の本を読んでいるというのは、会話を盛り上げるために役だったりするしね。

どうやらかなり本を読んでいるらしい汐里《しおり》ちゃんに、俺程度のにわかでは釣り合わなそうだけど。

「あ、あははそうですよね本当に……」

あれ、意外と食いつきよくない……かな？　やっぱニワカだとバレるのか……。難しい。

1時間ほどが経《た》って。

「ここはね、もう一個、読み方変わるんだよね。ここの記号がここにとぶから、正しくは～」

俺の大学は文系ということもあって、汐里《しおり》ちゃんに教えてる科目は国語、社会、英語の3科目。

だいたいそれを1時間ずつ計3時間やって、俺の家庭教師業務は終了。休憩も挟むから終わるのはだいたい19時前とか。

今は英語を終えて、国語の勉強にとりかかったところ。

「えっと……うーん？」

どうやらてこずっている。

そっか、ここわかりづらいよなあ……あ、そうだ。

良《い》い事を思い付いた俺は、立ち上がって汐里《しおり》ちゃんの後ろに回り込む。

そして、後ろから教材をのぞきこんだ。

「良《い》い？　汐里《しおり》ちゃん、今から俺が指でなぞっていくね。一緒に読む順番を……」

よし、これならわかりやすいだろ。

と思っていたのだが、汐里《しおり》ちゃんの手が止まる。

ん？

「……おっふ」

え？

なんかすごい声聞こえたけど。

汐里《しおり》ちゃんか？　今の。

ガタン、と席を立つ汐里《しおり》ちゃん。

「すみません、ちょっとお花を摘みに……」

「あ、ああ。ＯＫごめんごめん」

表情が見えないまま、汐里《しおり》ちゃんはトイレへ。やべ、怒らせちゃったかな。

……あ、ちょっと近すぎたか。

そんなに仲良くもない男にこんな近づかれたら嫌だよな。男女比が変化しているから油断してたけど、これは良くなかったか。

申し訳ない。

しばらくして帰ってきた汐里《しおり》ちゃん。

心無し顔が赤いけど大丈夫だろうか。

「失礼しました。続きをしましょう」

「う、うんそうだね」

よかった。そこまで怒ってはないらしい。

機嫌を損ねたらどうしようかと思った。

もう同じ失態はしまいと、俺は隣に座って勉強を再開しようとする。

「え？」

きょとんとした表情で、俺のことを見る汐里《しおり》ちゃん。

え？

「あ、いや。どうぞ、思い切り背中からきてください。思いっきり。覆いかぶさるようにお願いしますね」

え？

文学少女JKは夢を見る ●○●

地味。芋っぽい。

私が周りから言われる印象は、大方そんな感じ。

別にそれに関して悔しいとか、嫌だなとか、大して思わなかった。

なんならそれで良《い》いかも、とすら思っていた。

高校2年生になった。

高校に入る前は、もしかしたら私も彼氏とかできるかも……？　と思っていたけれど、幻想は簡単に打ち砕かれた。

ウチの高校は共学で、それなりに男子もいる。

クラス全体で6人しかいない彼らは、大体3人ずつくらいに分かれて2グループ。

そして、そのそれぞれと仲良く話せるのも、だいたい2グループ。

いわゆる上位カーストの女子にしか、そんな機会は回ってこない。

と、いうより、その上位カースト女子が男子を独占しているみたいな感じだ。そんなもんだ。共学の実態なんて。

私みたいな芋におこぼれは回ってこない。

（ま……正直別にいらないかなって感じだけどね）

周りを見て思う。

クラスの男子なんて、ちょっとカッコ良ければ高圧的か偉そうにしていて、逆に他は清潔感がなかったり、過剰に太ったりしていて、異性として魅力を感じないやつばかり。

それでもある程度は女子が寄ってくるからあいつらはニヤニヤしてる。

（これなら別にいなくてもいいや）

強がりでもなんでもなく。

自然とそう思った。

それに。

（私には……これがあるからね……）

こっそりと、机の中から取り出すのは一冊の単行本。

ブックカバーをかけているから、周りからはなんの本かはわからない。

これは、いわゆる女性向けの本。

私はファンタジーが昔から好きだった。

物語に出てくる登場人物たちは、皆心が綺麗《きれい》で、澄んでいる。ヒーローは皆カッコ良く……

ヒロインにだって好かれる理由がある。

お話の中の彼彼女らは、本当に美しい。

はぁ、と物語の登場人物たちに想《おも》いを馳《は》せてから、再び教室で話す集団を見る。

(はあ……やっぱ現実はクソですわあ……)

これさえあれば良い。

盛り上がる教室内をよそに、私は教室の端っこで、1人うっとりと物語に耽《ふけ》るのだった。


「ただいま～」

部活も幽霊部員状態の私は、学校が終われば大抵はすぐ家に帰ってくる。

「あら、お帰り汐里《しおり》」

お母さんにただいまだけ言って、私は部屋へ。

今日は本を読む他に、ゲームもやりたいんだよね～。いわゆるノベルゲー。カッコ良《い》いキャラクターたちに囲まれている間は、私は幸せなんだ。

「ちょっと汐里《しおり》。待ちなさい」

「……なに？」

お母さんに呼び止められる。

早くゲームやりたいんだけど……。

「あんた……友達とか、彼氏とかできた？」

「なに？　急に。できてないけど」

「あんた学生の内に恋愛とかしないと。少なくとも男の子と交流くらいは持とうとしなさいよ」

まーたこの話だ。

今は男が少なくなっていってるから〜とか。聞き飽きたんだよね。正直。

「はいはい。善処します」

「まったく……あ、そうだ。あんた国公立のあの大学行きたいって言ってたわよね」

「……？　そうだけど？」

大学受験。

まだ2年生だしなんとなくしか決めていないが、狙っている大学はある。その大学は施設も良くて……図書館も大きい。

偏差値も国公立ということもあって高いが、頑張れば無理な所ではない。

「私の知り合いのつてで〜、その大学行ってるっていう人がいたからさ、家庭教師に呼ぼうかと思うの！」

「え〜……いらないよ……」

家庭教師？　そんなのごめんだ。

勉強は別に1人でもできるし……自分で言ってて悲しいけれど、友達もそんないなければ部活もやっていないから時間はある。

人とコミュニケーションをとるのも億劫《おっくう》だし……。

「いいからいいから！　とにかく一回会ってみなさいよ！　土曜日呼ぶから、家にいるのよ～！」

「ええ～嫌なんだけど……普通に断るよ？　私」

「まあ、もし気に入らなかったら断っていいわよ」

「え、なにニヤニヤしてんの気持ち悪いんだけど……」

まあ、断っていいなら。

その家庭教師には悪いが、適当に理由をつけて、帰ってもらうことにしよう。母親の気持ちの悪い笑みの理由を特に考えず、私は部屋へと引きこもった。


土曜日。

私はいつも通り部屋で本を読んでいた。ちょっと過激な表現もある恋愛モノ。く～っ！　このヒーローたまんないなあ……！

カッコ良くって、頭も良くって、強くて、おまけに超優しい。神。ま、フィクションだから当たり前なんだけど。

こんな男の人がいればなあ……。

私が男と言われて出てくるのは、クラスの男子か、きゃぴきゃぴしてるテレビに出てくる芸能人くらいのものだ。

　現実なんぞもう十分知っている。

「汐里《しおり》！　家庭教師の人連れてきたから！　入るわよ？」

「……はーい」

　まったく……家庭教師の人には申し訳ないけれど、早々に帰ってもらおう。私は本棚に読んでいた単行本を押し込んだ。

　今日は午前中学校があったから、制服のまま。まあいいでしょ。ゲームとか着替えとかも若干放置気味だが、それくらいは許して欲しい。

　そんな人に見せられないようなひどい状態ではないし。

　がちゃり、とドアが開かれる。

　ため息をついてからドアの方に目をやって……。

　――私は、目を見開いた。

「あ、どうもこんにちは、汐里《しおり》さん」

　思考が、フリーズした。

　なんかイケメンが、立っている。

「え？」

　思わず持っていたスマートフォンを落とした。

え？　は？

なんで男の人がいんの？

え？

「この人が、家庭教師をお願いした片里将人《かたさとまさと》君。カッコ良《い》いよね～ほら、挨拶しなさい汐里《しおり》」

……。

私の脳が理解するまでに、数秒を要した。

そして、今やるべきことを、理解する。

「ちょ」

「ちょ？」

「ちょっとだけお待ちいただけますでしょうかあああああ!!!!!!」

お母さんを無理やり奥に押し込んで、その後ろにいた家庭教師の人にも部屋から出て行ってもらう。

まてまてまてまて!!!!

聞いてない聞いてない聞いてない聞いてないいいいいい!!!!

家庭教師の人って、男の人だったの!?!?

「なにすんのよ汐里《しおり》～」

「お母さん……！　後で許さないから本当に……ッ！」

ニヤニヤしているのがわかる。

あえて黙ってたんだあの性悪め……！　ボーイズバーに入り浸ってるのお父さんに言いつけてやる……！

まず私は本棚を隠すために白地のバスタオルで覆い隠した。

見られたらヤバイ類の本が多すぎる！！！

ゲームも隠す。

着替えも、洗濯物も。

とてつもないスピードで片づけを終えて、最後に私は鏡の前に立った。気付けば息も上がっていて、心臓がうるさいくらいに鳴っている。

なによりもさっきの人。

（かっこよすぎでは⁇⁇）

柔和な笑みを浮かべてくれた彼を思い出す。

身長はきっと１７５くらい。緩いパーマの黒髪がとっても素敵だった。

まるで。

（物語のヒーローみたいな……！）

顔が熱い。

こんなの、聞いてない。

即座に自分の状態だけ整えて、大きく深呼吸。

「お待たせ、しました……」

しばらくして、ドアを開ける。

そこにはやっぱり、男の人。ドキリとした。

「あ、ごめんね？　なんかうまく連絡いってなかったみたいで……」

「いえ、いえいえいえいえいえ！　悪いのはうちの母ですので……」

部屋へと通す。

どうしようどうしよう。

イケメンが私の部屋にいる。

「ど、どうぞ」

とりあえず私がいつも使っている勉強机とセットになっている椅子を、差し出した。

私はベッドに腰掛ける。

「ごめんね、ありがとう」

「いえ……」

冷静になれ、私。

確かにかっこ良《い》いが、それだけで騙《だま》されてはいけない。

あのお母さんが連れてきた人なんだ。

性格が高圧的とか、腹黒とか十分にありえる。

私は騙《だま》されないよ。現実とフィクションの差を分かっている女なんだ私は。

「えっと、俺もあんまり状況を飲み込めてないんだけど……とにかく今日ちょっとお話ししてみて、それで家庭教師として雇ってもらえるかどうかを決める……って感じでいいんだよね」

「あ、多分、そうだと思います」

我ながら、蚊の鳴くような声で話していると思う。

普段の声なんか出せるわけがない。

「正直、急な話だったし、全然断ってくれていいからね。それで、俺に直接っていうのは難しいと思うから、俺が帰った後、お母さんにそっと言ってくれればいいよ。その方が、汐里《しおり》さんも楽だよね？」

「……」

……は――――？

優しすぎるんだが？

これがきっとクラスのイケイケ系の男子だったら『ありがたく思えよ』くらい言われててなんらおかしくない状況なんだが？？？

いや、まだよ。汐里《しおり》。まだ騙《だま》されちゃだめ。今日だけ優しくして、雇ってもらおうって魂胆かもしれないわ。

え、でもさっき断ってくれて良《い》いって言ってた……？　ダメだ、よくわからない。

「汐里《しおり》さん、どうして俺の大学行きたいの？」

「え、えっと、施設が綺麗《きれい》だな……っていうのとか、図書館が大きいから、とか……」

「へぇ～汐里《しおり》さん、本好きなんだね！」

や、やめて‼　そのキラキラした笑顔を向けないで‼

なに？　この人イケメン度レベル１００くらいあるんだけど⁉

少しの動作だけなのに、ドキドキしてしまう。

「まあ、少しだけ……」

「へぇ～、確かにウチの図書館大きいからなあ……どんな本読むの？」

「……」

ヤバイ。どうしよう。

何にも考えてなかった。ここでファンタジーで、恋愛ものが～！　とか言ったら、１８０％引かれる。

無難な……無難な回答は……。

「純文学、とか」

「へぇ～！　すごいな。俺どうしても硬い文章苦手でさ……有名どころは読んだりもするんだけど、なかなか純文学は手が出ないんだよね！」

嘘《うそ》ですごめんなさい全然読まないです。

まずいまずい。このままじゃボロが見えないじゃない！　どこか確実に、ボロがあるはず……。

そうだ！　こんな芋女に、なんか失礼なことされたら、流石《さすが》のこの人も本性が見えるはず……！

ちょっと申し訳ないけど、これは今後のため！　今後のためだから……！

私は意を決して、わざと嫌なことを言うことにした。

「……片里《かたさと》さんこそ、家庭教師断っていいですよ」

「……？　どうして？」

「こんな芋っぽい女子に勉強教えるの嫌ですよね？　どうせならもっと可愛《かわい》い子が良かったとか、思いますよね。片里《かたさと》さんなんか、引《ひ》く手数多《てあまた》なんじゃないですか」

……我ながら、めちゃくちゃ卑屈で嫌な女だ。自分で言っていて悲しくなってくる。けれど、けれどもだ。これも今後のため……！

罪悪感を胸に抱えながら、様子をうかがう。

すると。

片里《かたさと》さんは笑みを崩さないまま、首を横に振った。

「んーん。関係ないよ。そんなこと。汐里《しおり》さんは俺の大学に来たいと頑張ってる。そこに優劣なんか1ミリだってない。どんな子であろうと、俺はやると決めてくれたなら、全力で手助けするよ。それに――」

「汐里《しおり》さん、とっても素敵じゃん。さっき初めて会った時、綺麗《きれい》な子だなって思ったよ」

……えーっと。

大好きな物語のヒーローが、どうやら次元を飛び越えて私に会いに来てくれたみたいです。

簡潔に言おう。とても好きです。

文学少女ＪＫは清楚を目指す ●○●

家庭教師を雇ってから、私の生活は変わった。

「ただいま！！！」

土曜授業を終えて、一目散に家のドアを開ける。

洗面台で手早く手だけ洗って、バタバタと階段を上がり、自分の部屋へ。

「ちょっと汐里《しおり》～！　手、ちゃんと洗ってるのそれ！」

「洗った！」

現在時刻は13時半。

彼――将人《まさと》さんが来るまで残りおよそ1時間半。

(今日は……私服って決めてたんだ♪)

将人《まさと》さんが来るまで、私はろくに私服も持ってなかった。

そりゃそう。制服で事足りてたし、休日だって一緒にでかけるような友達もいなかったし。

私服にお金を使う必要すらないと思ってた。

私は、運命の日……初めて将人《まさと》さんに会った日の夜のことを思い出していた。

お母さんに散々罵詈《ばり》雑言を浴びせて、お父さんに言いつけるからとまで言い放った後。

私は自分の部屋で冷静に状況を整理することにした。

（た、大変なことになった……まさかあんなヒーローみたいな人が毎週私の部屋に来てくれるなんて……！）

おとぎ話からそのまま出てきたのかと思った。

風体は純朴そうなイケメンって感じだったけど、後半私にはカッコ良《い》い騎士服を着た王子様にしか見えなかった。

思わず降ってわいた自分の幸運に感謝する。

あんな素敵な人を呼んだという点だけは、お母さんを評価してやらんでもない。

（それに……綺麗《きれい》って、言われたよね？）

どうせ性格は悪いんだろうと思って嫌みなことを言ってみたがしかし、返ってきたのはとんでもない言葉で。

褒められたということはつまり。

もしかして、お近づきになれるんだろうか。

だって、これから毎週会うんだよ!?　勉強を教えてもらうとはいえ……間違いが、その、あっちゃったりとか……。

気分が高揚してしまう。どうしようもなく顔が熱くなる。

落ち着くために、ふと、本棚に入った、お気に入りの小説の表紙を見た。

(ほんと……あの人ってこの小説のヒーローみたいな……)

……と、そこまで思って、そこで動きが止まる。

表紙に写ったヒーローの隣には、可憐《かれん》なヒロインが描かれていた。

ついで、クローゼットの前にある鏡を見る。

自分の、姿を見た。

そこで気付く、衝撃の事実。

(……こんなんじゃ、全然相応《ふさわ》しくなくない……？)

当たり前だった。浮かれてはいたものの、私は芋。いや、芋なんて言葉を使ったら芋に失礼である。さつまいも美味《おい》しいし。

私は美味《おい》しくすらないもの。

火照《ほて》っていた身体《からだ》が、急激に冷えていくのがわかった。

こんなクソださ眼鏡女子高生が、あんなおとぎ話のヒーローとくっつく話が仮にあったとして、私はそれを読んでどう思うだろうか？

『ｗｗｗｗｗｗ妄想クソ茶番乙ｗｗｗｗｗお前みたいなクソ陰キャ処女に超絶イケメンが振り向くわけねーだろｗｗｗｗ現実みろｗｗｗｗｗｗ』

……まあ、こんなとこだろう。

将人《まさと》さんがもしかしたら超絶ブス専でこのままの私でも好きになってくれる可能性がミジンコ以下の確率であるかもしれないが、それに縋《すが》るほど私はまだ女として死んでない。

じゃあ、どうするか。

もう一度、小説の表紙に目を向けた。

そこに立つ、可憐《かれん》なヒロインを見た。

(なるしか、ない……！)

私が、あのヒロインのように。

(でも、どう足掻《あが》いたところで、私に天真爛漫《てんしんらんまん》なヒロインは無理だ……じゃあ目指すべきは……清楚《せいそ》なお淑やかタイプ！)

鏡の前に立つ。

三つ編みを、ほどいた。

眼鏡を外した。

(こんなんじゃ、駄目……)

勢いよく、扉を開ける。

何だって隠し通してみせる。ハリボテでも良《い》い。あの人に好きになってもらえる自分になるためなら。

「お母さんメイク教えて‼」

私のお淑やか清楚《せいそ》キャラ大作戦はここから始まったのだ！

私服を選ぶためにクローゼットを開く。

「先週選んでもらったやつでいっか……」

驚くべきことに、三つ編みをやめて、眼鏡をコンタクトにして学校に行くようになったら、クラスに友達ができた。

そんな簡単なもん？　と聞かれたら違うかもしれないが、今までは私から交流を断ってたような気もする。気持ちの問題かもしれない。

イメチェンしたの？　みたいなのが良《い》い話題になってくれた。

それで話してみれば、意外と話せて。

だから、リア充の先駆者たちに服を選んでもらうことにした。

まあ人類は日進月歩。そうして進んできたわけだし？　先人の力を借りるのは当然だよね。

「よし……これで行こう」

私は清楚《せいそ》路線で勝負する。私服も大人っぽいものの方が良《い》いだろう。気に入っているオーバーオールのタイプのスカートを引っ張り出した。

髪型はハーフアップで、雑貨屋で買った水色のリボンでまとめる。

うん、悪くない。

メイクは濃くはしない。ナチュラルを徹底する。

目元をキレイに見せるためのアイラインと肌をきれいに見せるファンデーション。どちらも控えめな主張しすぎないタイプ。

鏡の前に立つ。

うん。及第点だ。

これならまあ、ヒーローの相手になったとしても。

『ま〜これくらいならちょっと身分違いの恋くらいしちゃっても許したるか』

くらいにはなったはずだ。とりあえず安心した私は、買ってきたまま放置していた小説を手に取った。


「汐里《しおり》ちゃん？　片里《かたさと》です。入っていいかな？」

へ……？

……やっばぁばばばばばばばば!!!!

まだ時間余裕あると思ってバチコリエロ小説読んでたんだが!?　まずいんだが!?

もう5分前やん！　私のバカ！

音速で私は用意していたブックカバーを本に被《かぶ》せる。

お母さんが買ってくれた、書店ランキング上位らしい純文学の表紙。

これで乗り切る！

「は、はい大丈夫です」

扉が開いて入ってきた将人《まさと》さんが、ニコリと笑う。

ああ……眩《まぶ》しい……。

「こんにちは、汐里《しおり》ちゃん」

おっふ。

危ない。負けるな私。清楚《せいそ》になるんだろ!!

「はい、こんにちは」

よ、よーしいいぞ。いい調子だ。

今の挨拶はなかなか優雅だったんじゃない？　知らんけど。

胸をなでおろしていると、将人《まさと》さんが何かに気付いたように目を丸くした。

「あれ、今日は制服じゃないんだね」

あ～～うれっし～～～～こんな些細《ささい》なことを言及してくれる男、現実におったんか～～～～。

「そ、そうなんですよね。考えてみれば、せっかくのお休みに制服というのも変な話だなあって思いまして」

ちょ、ちょっとアピールしとくか。

椅子を回転させて、今日の恰好《かっこう》を見せる。

ありがとう友よ。見よこの輝きを。この鎧《よろい》は友からの餞別《せんべつ》である。

「へえ～いいね、とっても似合ってるよ。制服姿しか見たこと無かったから、新鮮かも」

おおうふｗｗ
じゃない！　危ない危ない……え～マジで嬉《うれ》しすぎるんだが……無理……。よかった頑張って……。

私もやられてばかりじゃない。今日のために清楚《せいそ》という名の刃を研いできた私の攻撃を食らえっ！

「ふふふ、ありがとうございます。将人《まさと》さんの私服も、カッコ良《い》いです」

「お世辞言っても宿題は減らんぞ～？」

え？　なにその切り返し。

お前カッコ良《い》いだろいい加減にしろ!!

「さて……始めようか、と思ったけど、まだ5分前だね」

「そう、ですね。どういたしましょうか」

「せっかくだし、ちょっと雑談してから勉強しよっか」

気遣いできるイケメンis神。

もう4回目になるのだけど、本当に将人《まさと》さんはイケメン力が高すぎる。

フィクションでもここまでしたら妄想乙って言われるレベル。

「あ、本今日は何読んでたの？」

……っべー。っべーよこれ。

いや待て。ブックカバー（偽表紙《にせ》）は装着済み。

これの中身がエロ小説であることは、バレちゃいない。これを見せれば納得してもらえるはず！　なんか人気らしいし！

心の中の誰かが問いかけてくる。

そんな装備（ブックカバー）で大丈夫か？　と。

私は笑顔でサムズアップ。

大丈夫だ。問題ない。

「あ、えっと……田坂《たさか》さんの、これを……」

「あ～それ面白いよね！『二階から、夏が降ってきた』……どんな生き方してたらそんな冒頭思い浮かぶんだろうねえ……」

……。

えへ☆偽《にせ》表紙の本、１ミリも読んでない☆

夏が降ってきたってなに⁇　夏って降ってくるものなの⁇

私のこのエロ小説、冒頭一発目からパンツ一丁の美少年が空から降ってきてラッキースケベから始まるけど大丈夫そ？☆

なんだよこれ！　何の役にも立たねえじゃねえか！（憤慨）

「あ、あははそうですよね本当に……」

よ、読もう。流石《さすが》に今度から偽《にせ》表紙を用意するときは必ず読もう……。

もう遅いかもしれないけれど、私は心の中でこの表紙の小説を書いた作者に平謝りをするのだった。


あ～幸せなんじゃ～。

勉強は大して好きじゃないけれど、将人《まさと》さんに教えてもらっている時間は大好きだ。

教え方も上手《うま》く、理解しやすい。正直最初はどんなに授業下手でもいいよって思ってたのだが、ちゃんと上手《うま》い。

これが教えるのは初だって言ってたけど、信じられない。

ハイスペック、ここに極まれり。

「ここはね、もう一個、読み方変わるんだよね。ここの記号がここにとぶから、正しくは～」

う～ん……？

今は真面目に勉強しているのだが、国語が苦手。漢文ってなんやねん。せめて日本の言語にしてクレメンス。

将人《まさと》さんの教え方はとても良《い》いので、私の脳が悪い。

そんな風に思って必死にテキストを読み込んでいると。

背中に、感触。

え？

「良《い》い？　汐里《しおり》ちゃん、今から俺が指でなぞっていくね。一緒に読む順番を……」

——突如全身を駆け巡る甘い衝撃。

耳元で囁《ささや》かれた言葉は、私の脳を直撃する。

な、なに、これ？

私だけのＡＳＭＲ配信始まってる？

指でなぞるって一体どこをなぞるんですか？？？

沸騰する身体《からだ》。

私の中のゲージが、振り切れて爆発した。

「おっふ」

あ、ヤバイ。

とっさに口元を覆う。

これ限界。

勢いよく、立ち上がった。

「すみません、ちょっとお花を摘みに……」

「あ、ああ。ＯＫごめんごめん」

表情が見えないようにして、私は部屋を出てトイレへ。

すぐさまトイレの扉をしめて。

ずるずると私はその場に崩れ落ちた。

「は――――っ……！　は――――――っ……！」

背中にまだ、感触が残っている。

覆《おお》い被《かぶ》された、暖かい感触。耳もとで発された言葉。

鼻腔《びこう》をくすぐる、甘い香り。

私の清楚《せいそ》の仮面は、早くもひび割れていた。

だってあんなの、あんなのズルすぎる。

汗が滴《したた》る。

身にあふれたこの醜い情欲。この姿は、ヒロインに相応《ふさわ》しくない。そんなの分かってる。

けど、今は。

今だけは言葉にさせてほしい。仮面を脱ぎ捨て、ありのままの自分で叫びたい。

後でまた、ちゃんと仮面を嵌《は》めるから。今だけは。

「押し倒してえええええええええ！！！！」

清楚《せいそ》には程遠い感情を、私は思いっきり吐き出した。

[篠宮汐里の場合 1]

< 汐里

本日はご指導ありがとうございました 19:25
大変恐縮なのですが、一つお願いをしてもよろしいですか? 21:12
既読 21:30 お疲れ様! どうしたの?
ボイスメッセージを頂くことってできますか? 22:02
既読 22:34 ……どういうこと?笑
将人さんに激励の言葉を頂けたら、勉強のやる気が出るな、と 22:36
不躾なお願いで申し訳ありません 22:36
既読 22:46 ……それでやる気でるの?笑
はい、間違いなく 22:51
メッセージは、頑張れ、頑張れ、と言っていただけると幸いです 22:51
できれば「勉強」とか「課題」とか
そういったワードは避けていただけると嬉しいです 22:52
というかもう頑張れだけでOKです。ええ 22:52
既読 23:01 まあそのくらいなら……笑
既読 23:09 ボイスメッセージ 0:18
既読 23:10 はい! じゃ、勉強頑張ってね!
おはようございます 8:24
今日はとてもいい天気ですね 8:24
既読 10:12 ねえ本当に昨日の夜勉強した????

Aa

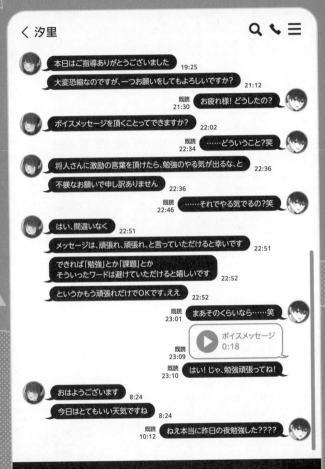

巡る想いは日常の中で

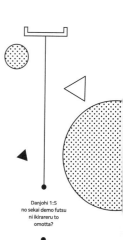

幼馴染系ＪＤは打ち返す

大学という教育施設は、学ぶ側の自主性一つで日々の拘束時間が違う、と私は思う。

やる気が無い人は人に出席を任せて遊びに行ったりしてるし、やる気のある人はたくさんの授業に出て単位をとってる。

もちろん、大学によってはそんなことないんだろうけど。

私はどちらともいえない中間で、それなりに授業をとって、それなりに休みもとってる。

そんな中で、今日はどちらかといえば休みの日。

3限が終わって今日はもうとっている授業は無い。

「ん〜っ！　疲れた！　いやあ来週小テストか〜自信ないわ俺」

「まあまあ、なんとかなるなる！」

「みずほはそんなこと言っていっつもぎりぎりじゃん……」

「ギリギリだからおーけーなのだよ！」

今日も今日とて３人で授業を受けて。

最近はこの３人で行動することにも慣れてきたように思う。

チラりと、そんなみずほの言葉に笑っている将人《まさと》の横顔を見た。

慣れてきたからこそ……自分の気持ちを将人《まさと》にぶつけて、もしダメだった時のことを考えて萎縮する。

けど、いつまでもなあなあにしてると将人《まさと》は危なっかしいから誰かに取られちゃうかもしれない。

それだけは、それだけは絶対に無理。

「……？　恋海《こうみ》、どうかした？」

「んーん！　なんでもない！　それじゃ、約束してたバッティングセンター行こうよ！　電車で少し行ったところにあるからさ！」

「おー全然いいよ」

今日は元々、将人《まさと》とバッティングセンターに行く約束をしている。

私はこう見えてソフト出身だし、バッティングには自信がある。けどそう言っても全然将人《まさと》が信じてくれないので今日証明する！　そういう約束なんだ、今日は。

「みずほも行くでしょ？」

横を歩く能天気ツインテガールも運動は得意なタイプ。

最近は将人《まさと》と打ち解けたみたいだし、きっと来てくれると思ったのだが。

「え？　あー……あはは！　今日はちょっと先約があって……2人で楽しんできてよ！」

「あれ？　そうなの？」

「うんうん！　やっぱ大人気のみずほちゃんは忙しくってね……ヨヨヨ」

こんな風に言っているけど私からしたら珍しいなって思ってしまう。

みずほは付き合い長いし、こっちから誘うと大体尻尾振って来るイメージなんだけど……。

「みずほ、なんか用事？」

「……っ」

将人《まさと》もちょっと意外に思ったのか、みずほの顔を覗《のぞ》き込んだ。

「い、いや～！　困っちゃうなあ。将人《まさと》もそんなにこのみずほちゃんが来て欲しいかあ。けど今日はダメなの！　ごめんね！　じゃあ2人とも、また明日～！」

「あ、ちょっとみずほ！」

マリンキャップを被《かぶ》り直したみずほは、そのまま一目散に走っていってしまった。

そんな急いでるの？　駅までは一緒のはずなのに……。

「ちょっと変だったね、みずほ」

「あ……」

変、と言われて、私は気付いた。

みずほが気を遣ってくれたんだ。私と将人《まさと》が2人でデートできるように……。

「みずほのバカ……別にいいのに……」

「？　どした？」

「なんでもない！　じゃあ行こっか！」

明日会ったらちゃんと言ってやらなきゃ。

別に私は3人でいる時間も好きだし、バッティングセンターくらいなら3人で行ったってなんの問題もないよって。

大学内、確かに3人で行動することが増えたけれど、私はそれでみずほを疎《うと》ましくなんて思わない。

そもそも私が紹介したんだしね。

私は、みずほのことも大好きなんだから。

大学の最寄り駅から電車で10分ほど。

私と将人《まさと》は、バッティングセンターのある駅までやってきた。駅の改札を出れば、目の前にあるビルの屋上が、ネットで囲まれている。

バットでボールを打った時の特徴的な金属音も、ちらほら聞こえてきていた。

「久しぶりにバッティングできるのワクワクしてきたわ」

「ふふ、将人《まさと》子供みたい」

「こういうのは童心に返るのが一番だろ！」

るんるんでエレベーターに向かう将人《まさと》を追いかける。

将人《まさと》の子供の頃か……どんな子供だったんだろう。もう既にカッコ良かったのかなあ。

エレベーターに乗って、屋上へ。

券売機に1000円を入れれば、打席4回分のチケットが出てきた。

「どっちが先打つ？」

「いいよ将人《まさと》先で、さっきっからもう目が輝いてるもん」

「あはは、バレた？」

本当に子供みたいだった。そんなところも、可愛《かわ》いくて、愛《いと》しい。

将人《まさと》は足早に打席に向かっていく……って。

「将人《まさと》そこ130㎞だよ？　流石《さすが》に最初からは……」

「大丈夫大丈夫！　俺結構打てるから！」

「ほんとかなぁ……」

このお店で2番目に速い球速の打席だ。

男子でもこれを打つのはけっこう難しいと思うけど……。

「あ、ごめん。これ持っててもらっていい？」

「あ、うん」

将人《まさと》が打席に入る前に、自分のリュックと、腕時計、それにネックレスを渡してきた。

……え、なんか彼女っぽくない？　彼氏の荷物持っててあげる感じ、めちゃくちゃ彼女っぽいよね⁉

もう彼女でいいよね（自己完結）。

幸せだ……。

「よーし！　行くぞ！」

右打席に入った将人《まさと》が、腕まくりをして打席に立った。

ネット越しに、それを見守る。

モニターが点《つ》いて、バーチャル映像のピッチャーが振りかぶる。

映像に合わせて、ボールが射出された。

「よっ！」

将人《まさと》がシャープなスイングで振ったバットが、ボールを捉える。響く高い金属音。

打球は綺麗《きれい》にセンター方向へと飛んで行った。

「えっすご！　本当にすごいじゃん将人《まさと》！」

「だろ〜！　だから言ったじゃん！　よっと！」

次のボールも捉えた。今度は右方向。

内側からバットを出しているから、強い打球が右方向に飛んでいく。

え、上手《うま》い……まずい！　これじゃ私の方が上手《うま》いというのを証明できなくなっちゃう！

そんなことは置いておいて、後ろから見る将人《まさと》のバッティング姿はそれはもうカッコ良かった。

思わず、会話を忘れて見惚《みと》れてしまうほどに。

あ、そうだ。動画撮っておこう。

帰ってから見たいし。

スマホを取り出して、カメラを起動。

ビデオで将人《まさと》の姿を録画する。

「よっと！」

「え、すごいすごい！　ほとんど捉えてるじゃん！」

「これくらい余裕よっ！」

心臓がドキドキする。

この会話もばっちりスマホに録画されているわけで。

こんなの、ＳＮＳに上げてしまったら……もうそれは彼氏では？

外堀りから埋めてしまえばいいのでは？　我ながら名案だと思う。

結局、将人《まさと》はほとんどの球を綺麗《きれい》に打ち返した。

「いや～楽しかった！　久々だったけど結構打てたわ！」

「いやすごいよびっくり。本当だったたんだね」

「だろ～！」

いつになくテンションの高い将人《まさと》に、こっちも笑顔になってしまう。

さて、私もしっかり示さなきゃね。

「じゃ、次私ね！」

「っておいおい、恋海《こうみ》もそこの打席で打つの？」

「？　そうだけど？」

「流石《さすが》に速いっしょ？　他の打席でもいいんじゃ……」

ほほう。

将人《まさと》は未《いま》だに私のことを舐《な》めてるなあ？

「はい！　これ持ってて！」

「お、おう」

今度はさっきまで持っていた将人《まさと》の荷物と、私の荷物を全部将人《まさと》に押し付ける。

良《い》いでしょう！　見せてあげようじゃないか。

打席に入って、チケットを入れる。

迷わず私は、スタートのボタンを押した。

今日はホットパンツ＋スニーカーで来てよかった。

運動するかもと思っていたから動きやすい服装を選んだけど正解だった。

モニターに映ったピッチャーから射出されたボールを……私も鋭く振りぬいた。

よしっ！　センター前！

「おお～！　マジか！」

「ねっ！　言ったでしょ！」

将人《まさと》が驚いている。うんうん、この反応が欲しかった！

私は幼い頃に野球に触れる機会があって、それからなんとなくソフトボールを続けていた。

なんかいつの間にか結構うまくなって、高校もそこそこ頑張った。

運動は、元々好きだったしね。

1球打ち終わったタイミングで、私のソフト魂に火が点《つ》いた。

よーしこっからは1球たりとも逃さないぞ～！

やってくるボールを次々ミートする。

センター前、ライト前、レフト前。左足をあまり高く上げ過ぎずに、体重移動。

遠くに飛ばす力は減るけど、その分ミート力は上がる。

いつの間にか夢中になって私はボールを打ち返していた。

バッティングセンターが終わって。

私と将人《まさと》は、バッティングセンターがあるビルの1階にあったファストフード店で一息ついている。

……んだけど。

(や、やりすぎた〜〜〜〜……)

私は絶賛後悔中。

あの後、私は熱くなってめっちゃ打った。

けどそれって、将人《まさと》的にどうなの？　って今更になって思ってしまう。

せっかく一緒に来たのに、将人《まさと》が楽しめなきゃ……それに将人《まさと》に少しでも私のこと良《い》いなって思ってもらえなきゃ意味が無い！

なのに私はムキになってひたすらバッティングしてた……。

え、こいつめっちゃ打つやん怖……とか思われてたらどうしよう。死にたい……。

「お待たせ〜」

私が机に突っ伏していると、将人《まさと》が注文したものをトレーにのせて持ってきた。

「いや〜楽しかった〜って、どしたん恋海《こうみ》」

「いや……あはは……」

どーしよやり過ぎたよなあ……一応、一応将人《まさと》に聞いておこう。

不思議そうにジュースを飲んでいる将人《まさと》に聞いてみる。

「将人《まさと》的にさ……運動できる子って、どう？」

「どう、とは？」

「えっと～いや～タイプ的に？　好きか嫌いかで言うとみたいな～」

お、オブラートに包もう。

なるべくダメージの少ないように……！

「なんだろ、昔仲良かった子がよく一緒に運動してたからかもしんないけどさ、割と好きかも。運動できる人」

「……そっか」

昔仲良かった子……。

そっか、そうだよね。将人《まさと》にも今までがあって、こんなカッコ良《い》い人が、今までなにも無いわけがないもんね。

せっかく良《い》い答えだったはずなのに、暗くなってしまう自分に嫌気が差す。

「恋海《こうみ》はいつからソフトやってたの？」

「え？　小学校高学年くらいからだったかな？」

「なるほどな～それから高校までか。そりゃ上手《うま》いわけだ」

ポテトを食べながら、感心したように頷《うなず》く将人《まさと》。

よ、喜んでいいのかな……。運動できる子は嫌いじゃないってことだし、喜んでいいんだよね……？

電車に乗って、帰路につく。

結局、将人《まさと》の子供の頃の話とかは深く聞けなかった。

これからいくらでも話す機会はあるし……また聞くタイミングは必ず来るよね。

「じゃ、俺ここで乗り換えだ」

「あ、うん！　お疲れ様！　また明日ね！」

電車を降りていく将人《まさと》に手を振って、お別れ。

正直、今の関係は心地《ここち》良い。

大学でも一緒に行動できるし、連絡もいつでもしてるし、ほぼ付き合ってるみたいな感じでデート行ってくれるし……まあきっと本人は付き合ってる気なんて一切ないだろうけどさ。

他の人に渡したくない。それは絶対。

だけどそれと同時に、今の関係が壊れてしまうのもまた怖い。

将人《まさと》と一緒にいられなくなった……なんてなったら、きっと私は壊れてしまう。

ピロン。

スマホの通知が鳴った。

誰だろう、と思ってスマホを取り出す。そこには、《将人《まさと》》の表示。

なんだろ。荷物なんか返し忘れてたっけ……？

《将人《まさと》》『今日はありがとう！　楽しかった～！』

《将人《まさと》》【画像を送信しました】

将人《まさと》から、画像……？

すぐにタップして、画像を開く。

そこには、私が夢中になってバッティングをしてる時の、真剣な表情でボールを待って構えている姿。

その様子が、斜め後ろから、撮られた写真。

《将人《まさと》》『盗撮しちゃった笑　めちゃくちゃカッコ良かったよ！　今日の勝負は負けておいてやる！』

――ああ。どうしてこの人は。

思わず、スマホを胸に抱いた。

電車内の椅子に座りながら、この気持ちを噛《か》み締《し》めるように。

してほしいことを、こんなにもしてくれる。

言って欲しい言葉を、こんなにもかけてくれる。

「やっぱり好きだ……大好き……！」

小さく呟《つぶや》いた。

電車が揺れる音なんか気にならないくらい、心臓の音がうるさかった。

元気っ娘ＪＤは情報を得る ●○●

最近、私は変だ。

「みずほ、この前の授業のプリント持ってる？」

「あ、うん、もってるよ」

「……大丈夫か？　なんか浮かない顔してるような……」

「そ、そんなことない！　ばっちり元気いっぱいだぜ！」

無理やり、会話を終わらせる。

恋海《こうみ》に紹介されてから、大学では将人《まさと》と恋海《こうみ》と３人で行動することが多くなった。現在進行形で行われている授業も、一緒に受けている。

それ自体は、嬉《うれ》しいしちょっと鼻が高い。

大学内でも男子がいるグループってだけでちょっと羨ましがられるし、それがイケメンときたら尚更《なおさら》。

だけど、私は恋海《こうみ》が将人《まさと》に抱いている気持ちを知ってる。

恋海《こうみ》は、それをわかってて私に将人《まさと》を紹介してくれた。それはある種の信頼。

もちろん、私が運命の人と出会ったというのもあるだろうけど、私なら大丈夫だって思ってくれたことに他ならない。

なのに。

この人と……将人《まさと》といると自分が変になる。

けいとさんに絡《から》まれたあの事件以来、私の心はずっとふわふわしたまま。

私の心は、こんなに軽いものだったのかな。

運命の人を探したい。その気持ちは変わってない。

だって、あの時本当に救われたから。

そんな人がこの大学にいるかもしれないなんて思ったら、絶対に会ってこの気持ちを伝えたい。

けれどじゃあ、今私が抱いている将人《まさと》への気持ちは一体何？

男の子なら誰でもいいなんて、絶対に思わない。そのはずなのに。将人《まさと》には何故《なぜ》かどうしても惹《ひ》かれてしまう。

恋海《こうみ》の想《おも》い人なのに。絶対に好きになっちゃいけないのに。

考えれば考えるほど、胸が痛い。

授業の内容が、ずっと頭に入ってこなかった。

ノートはずっと空白のまま。どうしたらいいのかも、わからないまま。心にかかった靄《もや》が晴れることはなく。ただただ時間だけが過ぎていくのだった。

「ん〜っ！　疲れた！　いやあ来週小テストか〜自信ないわ俺」

「まあまあ、なんとかなるなる！」

「みずほはそんなこと言っていっつもぎりぎりじゃん……」

「ギリギリだからおーけーなのだよ！」

授業が終わって、帰り道。

こうやって歩く最中は、忘れることができる。複雑な自分の気持ちも。恋海《こうみ》と将人《まさと》の関係も。

ただただ楽しい時間を、感じることができる。

「それじゃ、約束してたバッティングセンター行こうよ！　電車で少し行ったところにあるからさ！」

「おー全然いいよ」

「みずほも行くでしょ？」

けど突然、こういうことがやってくる。

急に、胸が苦しくなった。

恋海《こうみ》は、将人《まさと》と行きたいんだ。

私がそこにいたら、邪魔になる。だって恋海《こうみ》は将人《まさと》のことが好きだから。大学でも2人きりの時間を奪っているのに、外でも奪っていたら……私は嫌な奴《やつ》だ。

頑張れ、私。と心の中で唱えて。

「え？　あー……あはは！　今日はちょっと先約があって……2人で楽しんできてよ！」

「あれ？　そうなの？」

「うんうん！　やっぱ大人気のみずほちゃんは忙しくってね……ヨヨヨ」

悪く、ない。

いつも通りを演じられている。これでいいんだ。

最初から、わかってたことだから。

「みずほ、なんか用事？」

「……っ」

将人《まさと》に、覗《のぞ》き込まれる。

悪意のない、純粋な瞳。整った、綺麗《きれい》な顔立ち。

やめて。

やめて、よ。

大きく、息を吸い込む。

「い、いや～！　困っちゃうなあ。将人《まさと》もそんなにこのみずほちゃんが来て欲しいかあ。けど今日はダメなの！　ごめんね！　じゃあ2人とも、また明日～！」

「あ、ちょっとみずほ！」

いつの間にか、走り出していた。
予定なんかもちろんない。けれど、これ以上一緒にいるのは、苦しくなる心臓が耐えられそうにもなかった。

帰り道、私は乗り換えの駅で一度改札を出ていた。
定期圏内なので、お金が余計にかかることもない。
行くあてもなく、歩く。
1人で歩いている時は、気持ちを落ち着かせることができる。
そうしている内に、見覚えのあるドラッグストアにたどり着いた。
「あ……」
ここは、私と運命の人が出会った場所。
ふらっと歩いていたらまた会えたりなんか……しないよね。
あの時とは、時間も曜日も違う。
ばったり出会えたりなんかしたら、それこそ奇跡みたいなものだ。
けれど……今はとても運命の人に会いたい気持ちがある。
だって、そっちに気持ちがちゃんと傾いたら、3人でいる時に罪悪感を感じずに済む。
将人《まさと》に惹《ひ》かれつつあるこの気持ちに、踏ん切りをつけることがきっとできる。

「化粧品でも、見よっかな……」

なんとなく、お店に入った。

どうせ暇だし。

すると。

「いつもありがとうございます～」

「いえ！　こちらこそ～！」

レジからこちらに向かってくる男性。

その制服に、見覚えがあった。

あの時はコンタクトが無くてわかりにくかったけど。

——運命の人と同じ、制服だ。

どくん、と心臓が跳ねた。

顔を見る……けど、顔は違う。そもそも髪色が派手すぎる。

あそこまで派手な髪色じゃなかったし、身長も運命の人より結構低い。

違う人物であることは明白だけど、同じ制服ということは、同じお店で働いている可能性が高い。

というかほぼそうだろう。

私は、ほとんど無意識で声をかけていた。

「あ、あの！」

「……？　なにか？」

ま、まずい。勢いで声かけちゃったけど、めちゃくちゃ変な奴《やつ》じゃん私。

「あ、え～っと、その」

「……？」

な、なんて聞こう。

そうだ！　大学生のバイトがいるかどうか聞いてみればいいんだ！

「あ、あの、そちらのお店に、大学生のバイトさんっていらっしゃいますか……？」

「大学生？……え～っと。あ、うん、いるよ？」

いた！

けど、大学生のバイトなんていない方が珍しいかな……？

もうちょっと、情報が欲しいな……。

せっかく得たチャンスなんだ。無駄にはできない！

「えっと、な、名前とかって……」

「う～ん、流石《さすが》にお店のことだし、教えてあげられないかなあ、ごめんね」

「そ、そうですよね！　すみません！」

あ、当たり前だよバカバカ！

まるっきり不審者だこれじゃあ！

「あ、じゃあよかったらこれあげる。気になるなら、是非来てみたらいいんじゃないかな」

「え……？　ありがとう、ございます」

銀髪で可愛《かわい》らしい系の整った顔をしている彼が、名刺を渡してくれた。

名刺なんてあるんだ……。

「じゃあね。お待ちしてます、お嬢様」

「……？」

ひらひらと手を振って、そのお兄さん（？）は去っていった。

タイプな感じではなかったけれど、かなりイケメンだったように思う。

イケメンっていうか可愛《かわい》いって感じかな？

あんな言葉を言われてもドキッとしたりしなかったのは、やっぱり自分が誰でも良《い》いってなってたわけじゃなかったんだと安心しながら。

名刺を見てみた。そこには煌《きら》びやかなグラスと、夜景が描かれていて。

とにかくお店の名前を知ることができたのは大きな進歩だ。

えーと、なになに。

「ボーイズバー『Festa』……って、ボーイズバー⁉」

た、確かに今の人も、運命の人もカッコ良かったけど！

これはあまりにも予想外。名刺には、「ゆーた」と名前が書いてある。

お店がわかれば、すぐにでも行こうと思っていた。

けど、ボーイズバーとなると話が変わる。

というか、運命の人はボーイさんだったのか……！

「え、ええ……⁉」

「ど、どうしよう……」

新しく知ってしまった情報が、頭をぐるぐると回り。考えもまとまることはなく。私はその場から数分、動けなかった。


結局、家に帰ってきた。

ベットにごろごろと転がって、スマホをいじる。

お店を調べてみたら、一応18歳以上なら入店できるらしく、行けることは行けるらしい。

けれど……使う金額もきっと高いだろうし、ボーイズバーなんてもちろん行ったことがない。

それに。

「ボーイだから優しかったのかな……」

一つの疑問が、鎌首をもたげる。

お店の接待の延長だったのかな……？

けど……。

『大丈夫ですか？　コンタクトですよね。一緒に探します』

『すみません！　ちょっとコンタクト探してますので！』

『はい。気を付けてね』

目を閉じれば、昨日のことのように思い出せる。

あの笑顔が、優しい言葉が、思いやりが。

偽りのものだったとは思えない。

ましてや私はお客さんでもなかったのだ。

お店の外で、そこまでするだろうか。

そう考えると、やっぱりあれは、彼の心からの優しさで――。

ピロン。

通知。

スマホにＳＮＳの通知だ。

寝っ転がった体勢のまま、私は既読をつけないようにメッセージを見る。

《恋海《こうみ》》

『みずほ、気遣わなくてよかったのに』

『だけど、ありがとう』

恋海《こうみ》には、やっぱり気付かれた。
でもいいんだ。恋海《こうみ》が楽しかったのなら、それで……。
と思った、その時。
続けざまに、通知。
《恋海《こうみ》》【動画を送信しました52秒】
《恋海《こうみ》》【画像を送信しました】
『みてみて。後ろから将人《まさと》撮っちゃった。めっちゃカッコ良くない？』
『それに、将人《まさと》が私の事撮ってくれてたの、ヤバいよね♪』
胸が、急に苦しくなった。胸の当たりを、強く握りしめる。
なんで？
なんでこんなに辛《つら》いの？　苦しいの？
よかったねって。もうそれ彼女じゃんって。
いつもの調子で言いたいよ！
なのになんで。
こんなにも苦しいの……？
ふと、机の上にさっき置いたものが目に入った。
手を伸ばして、手に取ってみる。

名刺。
帰りにもらった、ボーイズバーの名刺。
ベッドの上で仰向けに寝転がりながら、右手を頭上に掲げてしばらくそれを眺める。
……ため息をついて、掲げていた右手を、腕で顔を覆い隠すように落とした。
「……行く……しかない、よ」
この気持ちに踏ん切りをつけるために。
親友を、自分を傷つけないように。
私は、覚悟を決めた。

五十嵐恋海と戸ノ崎みずほの場合

大学グループ(3)
明日将人2限からだよね?
既読2
21:12
そう!
既読2
21:21
私とみずほ1限休講になったから、駅から一緒に行こ!
既読2
21:48
おっけー!
既読2
22:31
じゃあ10時半に駅前集合ね! みずほも!
既読2
22:45
OK!
既読2
23:02
りょーかい
既読2
1:16
ごめん寝坊した!!
既読2
9:30
先に行ってて〜席取っておいてくれたら嬉しいな!!
既読2
9:31
Aa

バスケ部JCは良い笑顔

本格的に夏の暑さが厳しくなってきた日曜日。

蟬《せみ》の声もだいぶ煩わしく感じられる。そんな中俺は起きてからこれといってやることもなく家に引きこもっていたのだが。

「あつー……」

流石《さすが》に暑すぎるやろ！

エアコンは部屋にあるにはあるが、なるべく電気代を節約したいという思いもあって、基本的にはつけていない。

これだけ暑いんだから仕方ないと言い訳をすることはできるが、まだ夏は始まったばかり。こんなんでいちいちつけていたらこの先が思いやられる。

「……外行くか」

外の方が暑いやん。と言われたらそうかもしれないが、気持ちの問題だ。このまま中で暑さにうなされるくらいなら、外で活動した方がまだマシ。

軽くシャワーで汗を流して、動きやすい服装に着替える。リュックにバスケットボールとタオル等を突っ込んだ。

「……由佳《ゆか》いるかもしれないしな……」

スマホを確認すれば、今日も朝イチに連絡が来ているのみ。

健全なバスケ部女子な彼女は、今も練習しているかもしれない。

なんて。なんとなく由佳《ゆか》とバスケをすることが楽しみになってきていることに驚きつつ。

だってあの子どんどん上手《うま》くなるんだもん。そりゃあ見ていて楽しい。そろそろ本当にあの場所を取り返されておかしくない。悲しいけど！

本当に女子中学生か？

「うし。行くか」

戸締りをして公園に向かう。

真夏の太陽はやはり猛烈な勢いでコンクリートを焼いていたが、外の空気は幾分気持ちが良かった。

流石《さすが》日曜日の午後といったところか、公園のバスケコートには先客がいた。

「ま、そう上手《うま》くは……って」

感じる強い既視感。

バスケコートの中の人物が見えるくらいの距離まで来て気付く。

４人でバスケをしている女の子達の中の１人を、俺はとてもよく知っている。

「由佳《ゆか》じゃん」

黒髪ショートに青のヘアピン。

今日は部活動のジャージではなくいつも一緒にバスケをやるときの恰好《かっこう》だったからというのもあるかもしれないが、由佳《ゆか》の姿はすぐに見つけることができた。

まさか……またいじめ？

この前のこともある。

嫌な予感がした俺は、とりあえずバスケコートの近くまで寄ってみた。

「こっち！」

「はい！」

「うっていいよ！」

「ナイッシュー！」

あ、大丈夫だ。

4人とも表情が真剣で、この前と違い、バスケに全力で取り組んでいることがすぐにわかった。

「疲れた〜！」

「いったん休憩しよっか」

おお……なんか新鮮。由佳《ゆか》がリーダーシップを発揮している。

会話を聞く限り同級生っぽいし、たしか由佳《ゆか》は1年生で唯一試合に出ているらしいので、リーダー的存在になるのは自然、なのかもね。

コート脇のベンチに向かう4人。

ん～、どうしよっかな。せっかく練習に来ている由佳《ゆか》達に水を差すのも悪い。かといって、せっかくバスケしにきたしちょっとボールを触りたい気持ちもある。

……背を向けてシューティングすれば、ワンチャンバレないんじゃね？

ちょっとだけシューティングして帰ろう。よし。それだ。

俺はリュックからボールを出して、バレないようにコートイン。彼女達に背を向けて、ボールを何度かドリブルした。

軽いアップ。

足の間を通して、今度は背中側から通して……。

うん、よく手にボールが馴染《なじ》む。

1度、2度地面にボールをついて、中距離から俺はジャンプシュート。

スパッと気持ちの良《い》い音を立てて、ボールがゴールに吸い込まれる。

うん、この距離なら成功率高くて良い。

よし、あと2，3本打って帰ろ――。

「お兄さん」

シュート体勢に入ろうとしたその時。

後ろから聞き覚えのある声。

なん……だと……。

「な、何故《なぜ》バレた……」

「お兄さんのプレー何回見たと思ってるんですか……それくらい、すぐわかりますよ」

いつの間にか真後ろまで来ていた由佳《ゆか》に、声をかけられてしまう。

にこっと笑う彼女の笑みがまぶしい。

「いや～ごめんごめん。邪魔したら悪いと思ってさ、すぐ帰るから」

「え？　帰っちゃうんですか？」

「チームメイトなんだろ？　いいじゃん。しっかり練習してき」

せっかくの同級生達との練習時間を邪魔しても悪い。ひらひらと由佳《ゆか》に手を振って、俺はボールを抱えて退散。

ちょっとでもシュート打ててよかったわ。

「あの！」

ボールをリュックにしまおうとしゃがみ込んだ俺に、声がかかった。

振り返ってみると、由佳《ゆか》のチームメイトであろう3人の少女達が、そろって俺のところまで来ていた。

な、なんだなんだ。

「「バスケ教えてください!!」」

ええ……。

俺に教えを請《こ》うのは由佳《ゆか》としても想定外だったのか、なにか4人で揉《も》めている。

……というか由佳《ゆか》が一方的に怒ってそれを受け流している3人という感じがしないでもないが……。

由佳《ゆか》に悪い事したかなあ。

「あ～、由佳《ゆか》やっぱり俺帰るよ。申し訳ないし」

「あ！　ち、違います！　お兄さんは、か、帰らないで……」

「……？　そう？」

なんか顔が赤い。大丈夫だろうか。

「由佳《ゆか》に教えてるように、私達にもバスケ教えてください！」

「俺が教えられることなら別にいいけど……」

さっきのプレーを見てても、やっぱり由佳《ゆか》はこの中だと相当抜けている。

他の子達は一般的な女子中学生バスケ部って感じだ。

上手《うま》い方ではあると思うけど。それくらいなら、俺でも教えられることはある。

「やった‼　私すずかって言いますよろしくお願いしますね！」

「私かほです！」

「みほで〜す！」

おお、勢いがすごい……若いな。

もう俺はおっさんなのか……。手を差し出されたから握りかえすと上下にぶんぶんと振られる。

元気がすごいよ……。


「も〜〜〜〜‼‼」

由佳《ゆか》がキレてる。やはり邪魔してしまったか……。

終わった後SNSで個人的に謝ろう……。


中学生だからなのかはわからないが、皆技術の吸収が早かった。

教えたことをすんなり行動に移すし、それをすぐ自分のものにできる。

なるほど。こりゃ確かに中学生は最高だぜと言いたくなる気持ちもわかる。

誰の言葉だったか忘れたけど。しかも小学生だった気がするけど。

「お兄さんお兄さん！」

由佳《ゆか》が俺をお兄さんと呼ぶからか、バスケ部の子達も俺をお兄さんと呼ぶようになった。

なんならみほちゃんはお兄ちゃんと呼んできた。由佳《ゆか》がめっちゃキレてた。怖e。

このポニーテールの子は……たしかすずかちゃん、といったっけか。

「お兄さんにとって由佳《ゆか》ちゃんってどういう存在なんですか⁉」

「ちょっとすずか‼⁇」

すごい勢いですずかちゃんにヘッドロックをキメる由佳《ゆか》。

いやそれ流石《さすが》に痛いやろ……。

由佳《ゆか》も誤解されたら嫌だろうから、よし、ここはしっかり言っておいてあげないとな。由佳《ゆか》の好感度を回復させておこう。

「由佳《ゆか》はそうだな……まだ会ってからそんなに日が経《た》ってるわけじゃないんだけど。もう俺にとっては、妹みたいな存在だよ」

嘘《うそ》偽りない言葉だ。いつの間にか由佳《ゆか》とバスケするのが楽しみになっているし、バスケ以外の話もよくするようになった。俺自身、由佳《ゆか》と話す時間は割と好きだなあと思う。

ちょっと図々《ずうずう》しかったかな……？　でも由佳《ゆか》はそれなりに俺に懐《なつ》いてくれているし、嫌がられることはない、と信じたいが……。

「い、妹……」

あ、ごめんなんか嫌がられてるっぽい。

泣きたい。勘違いでした。

「はいはい私も質問！　お兄さんって彼女いるんですか～⁉」

今度はなんかやたらとギャルっぽいみほちゃんから質問。ませてるなあ～今時の中学生ってそんなもん？

「いないよ～。独り身さ」

「ええ～めっちゃ意外！　はいはい！　じゃあ私彼女りっこーほしまーす！」

「みほ！！！」

わ～由佳《ゆか》すごいキレてる～。さっきはちょっと落ち込んでいたり、怒ったり。由佳《ゆか》の情緒が心配だ。

にしても速攻で彼女立候補しますとか言っちゃうあたり、まだ中学生というのは恋に恋する時期なんだろう。

「「「ありがとーございましたー！」」」

「はい、こちらこそ交ぜてくれてありがとうね～」

由佳《ゆか》以外の3人が、ベンチの方へ帰っていく。みほちゃんなんか「3年経《た》ったら告白しにきまーす！」とか言ってた。

ギャルっぽいけど快活な良《い》い子だったし、多分3年経《た》ったら俺の存在なんか忘れてるよ……。

「あの、ありがとうございました。ま、将人《まさと》兄さん」

「ん？　んーん。こちらこそ、邪魔してごめんね」

どういう心境の変化なのか、由佳《ゆか》は俺のことを将人《まさと》兄さんと呼びだした。全然良《い》いけど、さっき妹扱い嫌がってたのは気のせいだったのか……？

「良《い》い子達じゃん。大切にしなよ」

「そうですね。よかったら、今度試合とか見に来てください」

「お、是非是非。由佳《ゆか》が試合しているところ見たいしね」

試合って一般の人でも入れるのだろうか。大会とかなら見れるのかな……？

「あ、あの……」

「ん？」

夕焼けに照らされて、心なしか由佳《ゆか》の頬が紅《あか》い。

でもやっぱり、こうして見ると幼いながらも由佳《ゆか》の顔は女性らしい丸みを帯びていて可愛《かわい》いなと思う。翡翠《ひすい》色の瞳も、透き通っていて綺麗《きれい》だ。

将来は、きっと美人になるだろう。

少し、間があって。

「なんでも、ないです」

「……？　そ？　そしたら、また今度ね。いつでも練習付き合うからさ」

数秒の間に、由佳《ゆか》がなにを考えていたかはわからない。

何かの言葉を、飲み込んだように見えたけど。

「はい。今度は、2人で、練習したいです」

「ははは、そうだな。由佳《ゆか》に教えるなら、2人きりの方がいいな」

他の子達とは教えてあげられるレベルが違いすぎる。

そういう意味でも、由佳《ゆか》にとっては2人でやるほうがスキルの上達にはつながるだろう。

「はい‼　またお願いします！」

最後に明るく返事をしてくれた由佳《ゆか》の笑顔は、やっぱり可愛《かわい》かった。

バスケ部ＪＣは本気です ●○●

バスケ部の同級生は、良《い》い子が多い。

先輩からの嫌がらせを受けている時も、この子達はずっと味方でいてくれた。……あ、嫌がらせ自体は、お兄さんのおかげで、前よりだいぶ少なくなりました。ほんと、お兄さんには感謝しかない。

とにかく、同級生は皆仲良しで、信頼してて。

だから、私達が3年生になった時とかは、全員で大会とか頑張りたいなってちょっと思ってたんだけど。

「え～～なにあのカッコ良《い》い人!! ちょっと由佳《ゆか》なんであんな人いるのに紹介してくれなかったの!?」

「私毎日ここ来ようかな……」

「由佳《ゆか》ったらあの人独り占めする気だったんでしょ！ 今までどんなことしてきたの！ えっちは！ えっちしたんでしょ！ どこまで？ どこまでやったの！ このむっつり大臣！」

……私今とっても嫌いになりそうです。

何故《なぜ》こんなことになってしまったんでしょうか。

今日はたまたま部活動が無く、皆暇だったのでバスケをしようということになりました。

地域開放されている体育館にしようかという話にもなったのですが、体育館の中は蒸し暑いですし、外でバスケしたいという話に。

私は幸いお兄さんとバスケする公園を知っていたのでそこを提案しました。

……お兄さんとの場所だし、ちょっとだけ抵抗はあったけど……。

そんなこんなで公園でバスケをしていたのですが、私達が少し休憩している隙に、男の人がコートを使ってバスケをしだしました。

「え！　みほたちがいない隙に場所とられちゃった〜！」

「……ちょっと待って男の人じゃない。1人って珍しいね」

友達の言葉を聞いてその人を見てみると……すぐにお兄さんだってわかりました。

背丈も、雰囲気も、そして……バスケのプレーも。

どれかひとつでもあれば私はわかるくらいなのに、3つも揃《そろ》ったらわからないわけがないです。

私の、大好きな人。

「え、由佳《ゆか》どこ行くの？」

「由佳《ゆか》ダメだよ！　いくらむっつり由佳《ゆか》ちんでも通りすがりの人には犯罪だよ！」

……失礼すぎない？

私むっつりじゃないから！　普通だから！　平均だよ平均!!

と、いうことで……そうしてお兄さんに声をかけたところまでは良かったのですが……。

いつの間にか3人が来ていて、あろうことかお兄さんにバスケの指導を願い出たのです！

そ、それは私の特権なのに……。

「あ、あのお兄さんは私が個人的に指導してもらってて……」

「なんの指導してもらってるんですかあ??」

「愛の個人指導……詳しく」

「最近大人っぽくなったなあと思ったらそっちの意味でしたか……」

「違うってば！！！　もー本当に嫌なんだけど!!　お兄さんに失礼なこと言わないでよ!?」

もー最悪。

これじゃお兄さんにどんなこと言うかわかったもんじゃない……。

「あ～、由佳《ゆか》やっぱり俺帰るよ。申し訳ないし」

「あ！　ち、違います！　お兄さんは、か、帰らないで……」

「……？　そう？」

お兄さんに帰って欲しいなんて思ってない。

けれど、3人にお兄さんに変なこと言われないか不安。

もうわけわかんないよ～!!

そうしている間にも、3人はニコニコでお兄さんに自己紹介してる。

だ、大丈夫かなあ……。

あ。みほがお兄さんの手握りしめてる……。

う～なんかもやもやする～お兄さんは私のお兄さんなのに……。

「も～～～!!!!」

こんなことなら公園紹介しなきゃよかったよ!?

意外なことに、いざバスケを教えてもらう段階に入ったら、皆大人しく指導を受けてた。

やっぱり、バスケは好きなんだなあ、皆。

それがわかって、ちょっと嬉《うれ》しかった。お兄さんもレベルに合わせて指導してくれてたし、私にもちゃんと指導してくれる。

その度に、「由佳《ゆか》には前も言ったけど～」って言ってくれるのが、特別な気がして嬉《うれ》しくなった。

私とお兄さんで過ごした時間は、私にとってかけがえのないもの。

お兄さんにとってもそうなってくれていたら嬉《うれ》しいな、って思う。

「お兄さんパス！」

「お兄さんすごーい！」

……それはそれとして、皆もお兄さんって呼ぶのはどうして？　その人は私のお兄さんであって……って私変になりそう。

と、とにかく、皆がお兄さんって呼ぶなら私は呼び方を変えなくちゃ。

将人《まさと》さん……？　でも前お兄さんって呼んでくれるの嬉《うれ》しいって言ってたし……将人《まさと》兄さん。

よし、これにしよう。

「お兄さんお兄さん！」

休憩中に、すずかが将人《まさと》兄さんのところへ走り寄る。

……なんか、嫌な予感が。

「お兄さんにとって由佳《ゆか》ちゃんってどういう存在なんですか⁉」

「ちょっとすずか‼⁇」

何言ってくれてんの！！！

すぐにすずかの頭ごと確保した。

「痛い痛い！……でも由佳《ゆか》も気になるでしょ？」

「ぐ……」

た、確かに気になる。将人《まさと》兄さんにとって、私って……。

大事に思ってくれてたら、嬉《うれ》しいな……。

こ、この前のこともあるし……ひょっとしたら、好きになってくれてたりとか……。

「由佳《ゆか》はそうだな……まだ会ってからそんなに日が経《た》ってるわけじゃないんだけど。もう俺にとっては、妹みたいな存在だよ」
胸に、ちくっと痛みが走った。
「い、妹……」
妹。
確かに、親密度で言えば近いと思う。大切にしてくれてるのも伝わる。
けど妹じゃ、ダメなんだ。
だって。
妹って思われてる間は、きっと好きにはなってもらえない。
彼女には、してもらえない。
私は将人《まさと》兄さんのことが好きなんだ。
だから、好きになって欲しい。
胸に走った痛みが、じんわりと広がる。
「お兄さんって彼女いるんですか～⁉」
ってみほ⁉　だいぶ強烈な質問だよそれ⁉
「いないよ～。独り身さ」
ほっ……！　よ、よかった。
いるよ～って言われてたら多分泣いてた。嘘《うそ》じゃない。

普通に泣いて帰ってたと思う。

「ええ〜めっちゃ意外！　はいはい！　じゃあ私彼女りっこーほしまーす！」

「みほ！！！」

もう本当に軽いんだからみほは！

っていうか、みほあなた彼氏できたって言ってなかったっけ⁉

練習を終えて。

一つ呼吸を整えた私は、将人《まさと》兄さんにお礼を言いに来ていた。

1人で。

「あの、ありがとうございました。ま、将人《まさと》兄さん」

「ん？　んーん。こちらこそ、邪魔してごめんね……良《い》い子達じゃん。大切にしなよ」

「そうですね。よかったら、今度試合とか見に来てください」

「お、是非是非。由佳《ゆか》が試合しているところ見たいしね」

……嬉《うれ》しい。

そんなことを言われただけで、私の心は温かくなる。

我ながら、単純だなあ……。

さて。だからこそ、妹という認識を改めたい。

思わず、声が先に出た。

いくつもの言葉が浮かんでは、消えていく。

告白する勇気なんてない。

けど、女の子として見てくださいなんて言えない。もうそれはほぼ告白だもん。

妹扱いが、嫌なわけじゃない。

頭撫《な》でてくれたり、褒めてくれたりするのは、嬉《うれ》しい。

けど私は、もう一歩進んだ関係になりたいんだ。

「……なんでも、ないです」

「……？　そ？　そしたら、また今度ね。いつでも練習付き合うからさ」

私の、意気地なし。

心の中で、自分に悪態をついた。

けど、将人《まさと》兄さんには、笑顔で。

「はい。今度は、2人で、練習したいです」

「ははは、そうだな。由佳《ゆか》に教えるなら、2人きりの方がいいな」

2人きりで——。

その言葉で、ドキッとする。

将人《まさと》兄さんも、２人が良《い》いって思ってくれたのかな。

……いつか必ず。将人《まさと》兄さんにもっともっと私を意識させてみせる。

皆と違って私のこの恋は――。

「はい‼　またお願いします！」

本気だから。


その日の夜。

私はパジャマに着替えてベッドに寝転がって、１人で考え事をしていました。

思い出すのは、今日の将人《まさと》兄さんの言葉。

『俺にとっては、妹みたいな存在だよ』

妹、妹か。

どうしたら、妹を卒業できるんだろう。

「やっぱり、意識してもらわないとだめだよね」

好きな人に振り向いてもらう方法……ネットとかで調べてみても、正直わからない。年上のパターンが少なくて、参考にあまりならなかった。

けれど、とにかく意識させることが大事だと思う。

意識……どうやったら？

抱き着く？　いやダメだ。感極まってこの前やっちゃったけど、普通に頭を撫《な》でられて終わり。

妹としてのスキンシップで終わってしまう。

手をつなぐ？　う〜ん、抱きしめる方が上だよね？

となると、抱きしめるの、上かあ……。

「キス……とか」

急に顔が熱くなる。

枕に顔を思い切りうずめた。

ダメダメダメ！　そんなの。

でも、確かに良《い》いかもしれない。そこまですれば、きっと意識してくれる。

頭に浮かぶのは、将人《まさと》兄さんの綺麗《きれい》な顔。

あの顔に……唇に……。

「……っ‼」

く、くらくらしてきた。

で、できるのかな。でももしできたなら、それはどんなに素敵なことなんだろう。

初恋の人に捧《ささ》げるファーストキスは、どれだけ甘美なものなんだろう。

「はぁ……」

枕を今度は強く抱きしめた。

将人《まさと》兄さんに抱き着いたあの感触。

忘れたことはない。鮮明に思い出せる。

それが、もしキスなんてしてしまったら……。

考えれば考えるほど、くらくらしてくる。

もしかしたらその先も、なんて。

ああ。

……今日はどうやら眠れなさそうです。

前田由佳の場合

く ゆか

将人兄さん今日はありがとうございました　18:14

既読 19:42　いえいえ！ 俺も楽しかったよ

今日のお話なんですが、将人兄さんは、
彼女さんいないって言ってましたよね？　20:02

既読 21:23　うん、いないよ～ずっといない笑

えっと、じゃあ、好きな人とか、いたりしないんですか？　21:34

既読 21:52　いないかなあ、あんまり考えたことなかった！

そうなんですね　21:59

既読 22:10　急にそんなこと聞いてきてどうしたの？

既読 22:10　あ、わかった！ 学校で好きな人ができたのか！

既読 22:11　彼氏作っても良いけどちゃんとお兄さんに紹介するんだよ！

既読 22:11　由佳に相応しいかどうかしっかり見定めちゃうからね！

……将人兄さんのバカ　22:50

既読 23:01　ええ!?

Aa

土曜日。
私にとって土曜日は、週に一度の勝負の日になっていた。
「早く帰らねば……！」
私は午前の授業を終えて、猛烈ダッシュで帰宅中。
早く帰って、シャワーを浴びて、可愛《かわい》い服を着て。
将人《まさと》様襲来イベントに備えるのだ。
「……ん？」
そんな時、ポケットに入れていたスマホが振動。
これはＳＮＳの通知。
将人《まさと》さんからもう連絡きたのかな？
【聖女の集い】
《三秋《みあき》》『汐里《しおり》爆速帰宅しすぎ』
『プリント余裕で忘れてるよ』
《まな》『ｗｗｗｗ』

『汐里《しおり》あれじゃない？　王子様デーだから』
《初美《はつみ》》『あ～そっかそっか画像よろ』
『私まだ信じてないから』
グループチャットだった。
なんか好き放題言われてるんだが？？？
確かに将人《まさと》様は王子様だが、画像を撮るのは許可が……。
盗撮？　いや流石《さすが》に気が引ける……。
《篠宮汐里《しのみやしおり》》『ごめんごｗｗｗ』
『今日夜でいいからプリント写真撮ってくれると助かる』
そんな急な課題プリントではないだろう。
新しくできた友人達に感謝しつつ……と思っていたら、すぐにまた通知。
無視して家に帰ってから返すか……と思っていたら。
――無限に通知が鳴る。
なんやねん！
流石《さすが》に煩わしくなった私は仕方なくもう一度スマホを開いた。
《三秋《みあき》》『え？ｗｗｗちょっと待って？ｗｗｗｗ』
『汐里《しおり》そんなアイコンだったっけ⁇ｗｗｗ』

《初美《はつみ》》『ｗｗｗｗ待ってｗｗｗｗってか名前フルネームになっとるｗｗｗｗ』
『おまｗｗｗｗこの前まで「しおりっち」だっただろうがｗｗｗｗ』
《三秋《みあき》》『さては王子様と連絡先交換したなｗｗｗ』
《まな》『待ってｗｗｗｗひとことも変わっとるｗｗｗｗｗ』
『ＢＧＭ設定すなｗｗｗｗｗｗ』
《三秋《みあき》》『ひぃｗｗｗｗｗお腹痛《なか》いｗｗｗｗｗ』
『おい。「推しの顔面を部屋に貼りたい」だったろ。戻せ』
《初美《はつみ》》『アイコンもアニメのアイコンだったよなあ？？？　なにしてんだ。戻せ』
『どこかわからない海辺で後ろから撮ってもらいましたアイコンやめろ』
『ってかそれどーせお前じゃないだろ』
《まな》『お腹《なか》痛いｗｗｗｗｗｗ』
『本人じゃねえなら誰だよこいつｗｗｗｗ』
《三秋《みあき》》『バンドグループの流行《はや》りの曲ＢＧＭに設定すな。どうせ聴いたことねーだろ』
『ひとことも「秋が好き」じゃねえよｗｗｗｗ聞いてねえよｗｗｗ』

……。

ふう。

私はスマホをそっ閉じ。

よし。

短い間だったけど――

こいつらと友達やめよう。


ふと、読んでいた小説を一旦閉じて、壁にかかっている時計を見た。

時刻は15時になろうとしている。

いつもなら10分前から5分前には家のインターホンが鳴るのに、未《いま》だに将人《まさと》様は来ていない。

「……珍しいな？」

将人《まさと》様は私からすると……いや多分私からしなくても完璧超人で、遅刻なんてめったにしない。

それに、30分前に連絡はちゃんと来ていて、いつものように『もうすぐ駅着くね～』と来ていた。

それならば、もう着いていてなんらおかしくない。

部屋を出て、階段を下りる。

もちろん将人《まさと》さんの姿はない。

「お母さん、将人《まさと》さんまだ来てないよね？」

「？　そうね。珍しいわね。いつもこのくらいには来てるのに」

リビングの時計を見た。

ぴったり15時になっている。スマホには、未《いま》だに通知等はない。

もし駅に着いたのがあの時間なら、とっくに着いていておかしくはないが……。

なにか、嫌な予感がした。

「お母さん、ちょっと私駅まで行ってくる」

「ええ？」

「基本的に一本道だし、すれ違うはずだから。じゃ行ってくるね」

胸騒ぎがして、私は急いで靴を履く。何事もなければそれでいい。けれど、あれだけカッコ良《い》い男の人だ。なにか変な人に絡《から》まれていたっておかしくない。

私はすぐさま玄関から飛び出した。


スマホを握りしめて、私は進む。

お母さんにも言ったが、私の家から駅までの道のりは複数あるけれど、わかりやすい道で行くなら一本だ。

きっと将人《まさと》さんもこの道を通って来てるはず。

そろそろ駅に着いてしまうくらいのところまで来て……。

遠くに、知っている人の姿が見えた。

今日もいつものような白いTシャツの上に小麦色のベストでさわやかスタイル。間違えるはずもない。

将人《まさと》さんだ！

スーツ姿の女性2人に、なにやら囲まれている。

え、ナンパ⁉

とりあえず近くまで来た。

「是非検討していただけませんか！　無理なことはさせませんので！」

「あ〜っとさっきから言ってますようにそれはできませんし、それに今急いでいて……」

話を聞くに……ナンパ、ではないようだ。モデルかなんかの勧誘かな……？　確かに将人《まさと》さんは誰がどう見てもイケメンなのでそれくらいはされるだろうけど……。

耐性なさすぎでは⁉　話聞かずに突っ切っちゃっていいんだよそういうの⁉

きっと人の良い《い》将人《まさと》さんのことだ。

話をしっかり聞いてあげたのだろう。そして断り辛《づら》くなって困ってる……そんなところだろうか。

待てよ……。

私の脳裏に、一つの可能性がよぎる。
ここで私が助けたら、もしかして好感度爆上げでは⁉⁉
き、来た……好感度爆上げイベント……これを、颯爽《さっそう》と助けてしまったら……！
『ふふふ。大丈夫ですか？　将人様《まさと》……』
『し、汐里《しおり》ちゃん……好きだ（トゥンク）』
きtらあああああ‼‼
大勝利。勝ったわ。
よしでは早速――。
……いやちょっとマテ茶。
どうやって颯爽《さっそう》と助け出す？
『すみません。私の彼氏から離れてもらっていいですか？』
ハードルが高い！
いきなり彼女ムーブは流石《さすが》に‼　他は？
『ごっめ～んお兄ちゃん待った⁇　ほら、はやくおうち帰ろ？（ヤサルン）』
キャラがきつい。そんな妹ムーブ私にはできない。
なにか、なにかいい案はないの⁉
「じゃあ、よかったら連絡先だけでも！　交換してもらえませんか！」

「いや、あの……」

「電話番号だけでいいんです。またご連絡しますので……」

まずい！

こうしてはいられない。

将人《まさと》さんが連絡先を交換してしまう前に!!　ぜ、全然ムーブ決まってないけど、助けなきゃ!!

私は、全速力で将人《まさと》さんのところへ駆け寄った。

もうなんでもいい！　や、やらなくては！

「あ、あのおおお!!」

「……？」

私の声が予想以上に大きかったからか、スーツの女性２人がこちらを見た。

あ、圧がすごいこの人達。

私のことナメクジかなにかだと思ってません??

け、けどおいら負けないよ。

私は勇気を奮い立たせた。

「お、おうおう随分威勢がいいじゃあねえか。そこにおわすお方をどなたと心得る」

「……？　誰ですか？」

や、ヤバイ。もう導入もめちゃくちゃ。

時代物の官能小説なんか読むんじゃなかった。颯爽《さっそう》って言葉本当に知ってる？　辞書引こっか＞＜

王子様を守る騎士様になるつもりだったはずがどうしてこんな……。

あーもう！　ものすっごい怪しまれてる！　なんとかしナイト！　騎士だけにね！（激ウマギャグ）

「あ～拙者伊賀《いが》のくノ一として生をうけて早17年。この技は大事の際に使うと心に決めておりましたが……致し方ありますまい。とうっ!!」

「は？？？　キモ……ってあっ！　ちょっと!!」

終わったわ。

何言ってんだ私。

とにかく私は終始きょとんとしていた将人《まさと》さんの手をとって走り出す。

もうなんでもええわ!!　逃げたら勝ちやろ！！！

「はぁ……！　はぁ……！」

そうでした。私体力クソザコナメクジでした。

もう家に着く前にバテました。

でも、追ってきてはないみたい。

なんとか撒《ま》けたようだ……。

「将人《まさと》、様……大丈夫、ですか……」

あ〜もう最悪だ。

プランが台無し。

もっとカッコ良く助けて、惚《ほ》れてもらうはずだったのに……。

それになんか思い出すとめちゃくちゃキモかったし。

ドン引かれてる……よなぁ……どうやってごまかそう。

清楚《せいそ》がしていい所業じゃなかった……。

「……ふふ……あはははは！！！」

「将人《まさと》、さん？」

振り返ったら将人《まさと》さんが、目に涙を浮かべながら笑っている。

私が呆気《あっけ》に取られていると、ひとしきり笑い終えた将人《まさと》さんが涙を拭いながらこう言ったのだ。

「ありがとう……ありがとう汐里《しおり》ちゃん！　それに……汐里《しおり》ちゃんってあんな風に話すことできるんだね！」

「あ〜〜いや、あの、忘れていただけますと……ほんと、緊張してしまっていただけですので

「……」

お、終わった……バッチリ聞かれていた……いや当たり前だけど。

最悪だ……せっかく清楚《せいそ》お嬢様を完璧に演じ切っていたのに……（本人調べ）

「ほんと、ごめん。笑うとこじゃないよね。助けてくれてありがとう。助かったよ。それに、遅れちゃってごめんね。けっこうしつこくてさ……振り切れなくて」

「え、ええ。そうですね。なかなかしつこそうでしたね……」

「でも、なんだろう」

「……？」

……あ、そういえば、手、握ったまま……。

「汐里《しおり》ちゃんのあーゆー所、もっと見てみたいかも」

「……え？」

「だってさ、汐里《しおり》ちゃん、いつもなんかこう……俺と壁作ってるみたいだったから。さっき、確かにテンパってたようには見えたけど……なんか楽しそうだったよ？　だから……俺に見せてるような顔だけじゃなくて……色んな顔、見てみたいなって」

「……」

手を、強く握ってしまった。

心臓の鼓動が伝わりそうで、ごまかしたかった。

ダメだ。ダメに決まってるよ。
こんな内面見せたら、嫌われるに決まってるから。
なのに。
どこか素で接してみたいと思う私もいる。
物語のヒロインのような娘じゃなく。
素の私という村人Bを好きになって欲しいというワガママな想《おも》いが顔を出す。
「……考えて、おきます」
「うん」
繋《つな》いでいた手を放した。
心臓がまだバクバクとうるさいのは、きっと全力で走ったせいだけじゃない。
今はまだ、勇気がでないけれど。
この人なら。
受け入れて、くれるのかなあ。

『重すぎる恋は時に身を滅ぼす』

ツンデレ系OLは再認識する ●○●

Danjohi 1:5 no sekai demo futsu ni ikirareru to omotta?

それはとある木曜日のこと。

「午後休もらったは良《い》いけど……」

突然言い渡された午後休み。すぐに家に帰ったとしても、最近はハマるほどのゲームもないし、特にやることがなかったので、お気に入りの喫茶店へ足を運んでいた。

学生時代からちょこちょこ来ていたこの喫茶店は、少し入り組んだ路地にあるからか人もそれほど多くなく、個人的穴場スポット。

ダージリンのストレートティーを飲みながら、私はスマホを弄《いじ》っていた。

こういう時間は嫌いではないけれど、せっかくの休みなのに喫茶店にしか行かないというのも、少し寂しい気もする。

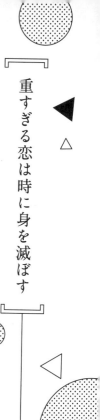

ピロン、と通知の音がして、私はスマートフォンに再び目を落とした。

《将人《まさと》》『そうですね、今日はシフト入ってないです汗』

「……まあ、そうよね……」

もちろんダメ元だったけれど。会社を出る時に、将人《まさと》に連絡をしてみた。もしかしたら、今日将人《まさと》がボーイズバーにいてくれたら、と思って。それなら、ここで時間を潰した後、喜んで将人《まさと》に会いに行ったのに。

ため息をついていると、再びスマホから通知音。

《将人《まさと》》『もし時間あるなら、お店行ってみたらどうですか？　僕はいないですけど……良《い》い人いっぱいいますよ！』

……なんでそんなこと言うのよ。

胸の内に、暗い感情が湧きあがるのがわかった。将人《まさと》は、すぐにこんなことを言う。私は、将人《まさと》じゃなきゃダメなのに。将人《まさと》以外考えられないのに。

ちゃんと伝えなきゃダメね。貴方《あなた》以外は眼中にないのって、ちゃんと。

……けれど、と少し考えてみる。

実際、自分が将人《まさと》以外の接客をほとんど受けたことがないのも事実。そんなことは万が一、いや億が一にもないとは分かっているけれど、もしかしたら将人《まさと》のような人が他にもいるのかもしれない。

「……時間はあるわけだし、ちょっとだけ、ね」

残り少なくなった紅茶のカップを傾けながら、私は今日の夜に向かう場所を決めるのだった。


20時。私の家から職場とは反対方向の電車に乗り数駅。比較的繁華な駅へとやってきていた。

ボーイズバーに行くことは決めたけど、いつもの『Festa』には行かないことにした。

……何人かボーイの人に顔を覚えられてしまっているし、それで金曜日以外に来てたことが、将人《まさと》に伝わってしまうのは、何か悪い気がして……。いや、別に何も悪くないのだけど、気持ち的に嫌だったので、他の店に行くことにしたのだ。


繁華街の一角、煌《きら》びやかなお店が立ち並ぶ通りに、目当てのお店はあった。

階段を下って、地下の入り口から入る。入り口には眩《まぶ》しいネオンの看板がぶら下がっていた。

ふう、とひとつ息をつく。将人《まさと》のいるお店ならもう慣れているけれど、私はこういったお店に耐性があるわけではない。

意を決して、私はお店の扉を開けた。

「いらっしゃいませ」

受付に立っていたのは、スーツの女性だった。

「初めてなんですけど……」

「はい、ご来店ありがとうございます。時間はどうなさいますか？」

あまり長居するつもりもないから、短めな時間を伝えて、席へ通してもらう。案内してもらった先は、半個室になっているソファ席だった。

座ってからも、やっぱり落ち着かなくてそわそわしていると、ボーイの子がやってきた。

「こんばんは！　こちらハイボールになります！」

「あ、ありがとうございます」

頼んでおいたお酒を持って、隣に座るボーイ。やっぱり隣に男の人が座るのは慣れてなくて、緊張しちゃうわね……。

ボーイの子は、年齢は……私よりも少し下くらいだろうか。金髪で肌にも化粧をしているからか、若く見えている可能性もある。とにかく派手な印象が先に立つ子だった。

「初めて来てくれたんですか？　嬉《うれ》しいです～！　お姉さんめっちゃ綺麗《きれい》だから緊張しちゃうな～」

「……そう」

ああ、やっぱりか。

すとん、と自分の中で腑《ふ》に落ちるものがあった。素っ気ない返事しかできなくて、申し訳ないとは思う。だけど、やっぱり違うのだ。

『星良《せいら》さんみたいな容姿も内面も綺麗《きれい》な人と付き合いたいけどなぁ』

心から思って、緊張しながらも伝えてくれて、照れながら笑った彼とは、決定的に違う。目の前の子から出てくる言葉は、軽くて、到底信じることなどできない。誰にでも、こう言っているのだろうというのが、分かってしまう。

仕事なのだから、むしろそれが当然だろう。実際、それで救われる人もいるのだろう。だから、この子が悪いなんてことは、全然ない。

だけど――

「あ、15分経《た》ったので交代しますね～！　良かったら今度指名してくださいね！」

「ええ。ありがとうね」

時間になって、ついてくれたボーイの子が裏に帰っていく。将人《まさと》と過ごす時は15分なんて体感5秒くらいだけれど、この15分はとても長く感じた。ボーイの子にも、つまらない女だなって思われたかもしれない。

静かにお酒を飲んでいると、次のボーイの子がやってきた。

「ひろです。よろしくお願いします」

「よろしくね」

新しく来たのは、落ち着いた雰囲気の子だった。派手な装飾をしておらず、さっきの子よりは、将人《まさと》に似た雰囲気を持つ子。だからと言って、別に心が躍ったりはしないけど。そんな代わりを探すようなこと、この人にも、将人《まさと》にも失礼だし。

その後にした会話は、当《あ》たり障《さわ》りのないものだった。

「そんな中で仕事をしているなんてすごいですね。尊敬します」

「そうかな、ありがとう」

仕事の話。趣味の話。その会話の最中に、私のことを持ち上げる言葉が入る。それはもちろん、聞き心地《ごこち》が良《い》いものではあるけれど、心のどこかで、本当に思っているわけではないんだろうなという気持ちが先行してしまう。学生の頃からなにも変わらない、私の悪い癖だ。


「ありがとうございました。またのご来店をお待ちしております」

結局、2人に接客してもらっただけで、私はお店を出ていた。

お会計はちょうど5000円程度。まあそんなものか、といった感じかな。

将人《まさと》に会いに行く時は、1万円以下なんて絶対あり得ないし、なんなら5万くらい払う日も普通にあるけど。

大きく伸びをした後に腕時計に目をやれば、お店に入ってから1時間も経《た》っていないことを知らせてくれた。

「……まあ、ちょっと安心したかな」

この時間とお金自体は、楽しい使い方とは言えないものだったけれど、この経験は大きな収穫だった。なにせ、何よりも大事な事を再確認させてくれたのだから。

「やっぱり私は、まさとが良《い》いんだ」

胸に手を当てて、彼のことを思い出す。それだけで、心に火が灯《とも》ったように熱くなる。

やっぱり、さっき会ってきた彼らと、まさとでは決定的に違う。私の勘違いなんかじゃなかった。彼は特別で、唯一無二で、運命の人。それを確認することができただけでも、今日は良《い》い日になった。

スマホを開いて、まさととのチャットを確認すると、数分前に連絡が来ていた。私としたことが、どうやら会計中で気付かなかったらしい。

《将人《まさと》》『あ、でもたまには僕のことも呼んでくださいね！　笑』

《将人《まさと》》『星良《せいら》さんが指名してくれなくなったら、僕お客さんいなくなっちゃいます！　笑』

「……ッ！」

ああ、もう本当に。

どうしてこの子は、こんなにも私の心をかき乱すのか。心に灯《とも》っていた火が、薪をくべられたかのように熱く燃え盛っているのが分かる。

今すぐ会って、あなたしかいないって、わからせてあげたい。思い切り抱き締めてあげたい。あなたしか見えて無いし、あなたの中にも、私しかいなくなるようにしてあげたいって思ってしまう。

「はーっ……！」

昂《たかぶ》った気持ちを、なんとか抑え込む。早く、早く会いたい。チャット画面を開いて、まさとへの返信を打ち込む。

『心配しなくても、私はあなたしか指名しない』

……これでは、少し直接的すぎるだろうか。大切な人だからこそ、慎重に言葉を選ぶ。

『どうしようかな、まさとがそこまで言うなら、指名してあげてもいいけど』

流石《さすが》に上から目線が過ぎる。こんな事を言って、嫌われたらおしまいだ。がっつきすぎない程度に、好意は伝えていきたい。

『心配しなくても、指名はするわよ。まさとと話すのは、結構好きだから』

うん、良《い》いんじゃないかな。我ながら良《い》い塩梅《あんばい》の文章を書けたと思う。

送信ボタンを押して、スマホを閉じる。夜風にあてられて、ようやく昂《たかぶ》った気持ちも収まってきた。

「まさと……絶対幸せにしてあげるからね」

まさととの未来を想像しながら、私は幸せな気持ちで帰路につくのだった。

幼馴染系JDは心配する2

最近、みずほの様子が変だ。

この前将人《まさと》とバッティングセンターに行こうと言った時もそうだったけれど、どこか元気が無く、思い悩んでいるような気がする。それはきっと、気のせいではなくって。

「みずほ？ あーそうだね、最近ボーっとしてるっていうか」

「そーなの！ みずほがこの前、食堂でかけうどんの（小）食べてたんだよ⁉ いつもなら（大）に天ぷらまでのせるはずなのに！」

「この前ぼーっとなんか小さい紙？ みたいなの見てたからさ、何見てるのかなーと思って覗《のぞ》き込んだら、焦《あせ》って隠してたの。あれなんだったんだろ？ あ、それはそうと恋海《こうみ》、一緒に授業受けてるイケメン紹介シテヨ」

共通の友人に話を聞いてみても、それは明らかだった。あ、あと最後に将人《まさと》を紹介してと言ってきた友達からは逃げました。ごめんね。

とにかく、みずほが悩んでいるなら相談に乗りたい。なんだかんだ付き合いも長いし、私にとってみずほは大切な親友だ。きっと、みずほも悪《あ》しからず思ってくれていると思えるくらいには、交友を深めた仲だと思っている。

今日は、1限がみずほと同じで、将人《まさと》がいない授業。話を聞くタイミングとしては、悪くないかもしれない。

「おはよ～……」

眠そうな顔で、みずほがやってきた。朝とは思えないテンションで来るいつものみずほを想《おも》えば、もうこの時点で元気がない。

隣の席に座って、机の上にへたりこむみずほ。

いつもは猫耳でも生えてるのかと錯覚するくらいのツインテールも、元気なくしおれているような気がする。

始業までそれほど時間もない。とんとん、とみずほの肩を叩《たた》いた。

「……ねえ、みずほ」

「んー？」

顔だけこちらに見せてくれたみずほ。表情自体は、笑顔だ。けれどそれは、みずほが作る頑張った笑顔であることを、付き合いの長い私は分かる。

「なにか、悩んでるんじゃない？　最近元気ないし……もし私でよかったら、話聞くよ？」

「……え、えー!?　そんなに元気ないかなあ？　別にいつもどーりだよいつもどーり！　にゃは！」

じっと、みずほの目を見た。僅かに、みずほの目が泳ぐ。

「……私にも、言えないことなの？」

「えーっと……なんと言いますか……はい……」

観念したのか、申し訳なさそうにみずほが肩を落とす。そっか……話せないのなら、仕方ないよね。できるなら力になりたかったけれど……。

「ん、わかった。みずほが悩んでいるなら力にはなりたいから。いつでも相談してね」

「うえーん、恋海《こうみ》ありがとう。持つべきものはやっぱりダチ公だねえ」

「ダチ公って何よ……」

ようやくみずほに少し元気が出てきたことに安堵《あんど》していると、始業を知らせるチャイムが鳴ったのだった。


その日の、お昼後。3限の時間。

「——ってことが、あったんだよね」

「そっか……いつも元気なみずほだからこそ、心配だね」

3限から学校に来た将人《まさと》に、最近みずほの元気が無いことを伝えた。みずほと将人《まさと》もこの僅かな期間で仲良くはなってくれたようだし、将人《まさと》が何か知っているなら、聞いてみたくて。

将人《まさと》は何かを思案するように顎に手を当てて。

「やっぱり、前に告白したサークルの先輩絡《がら》みなのかな？」

「うーん、それもあるよね……」

みずほには以前、こっぴどくフられてしまった事件があった。確かに、あの時は相手が酷《ひど》かったせいもあって、かなり辛《つら》そうではあったけど……。

「でもなんか、みずほって運命の人に会ったって言ってたじゃん？　それ以降は、凄《すご》い元気で、むしろイキイキしているように見えたんだよね」

「たしかに、それはそうだよね」

次の日に会ったみずほは、それはそれは嬉《うれ》しそうで。僅か1日であまりの変わりように、呆《あき》れてしまったものの、それでも私としても嬉《うれ》しかったんだ。

「……みずほってさ、昔から、すっごい惚《ほ》れっぽかったの」

高校の時から、みずほはとにかく惚《ほ》れっぽかった。惚《ほ》れっぽいというか、恋していることが好きだったというべきか。

『キラキラした高校生活、送りたくない⁉』

『あの先輩めっちゃカッコ良《い》いよ！』

『彼氏ほし～！』

とにかく恋愛がしたい、彼氏が欲しいが先行していたように感じるみずほだったけど。今回は、今までとは決定的に違う。

「だけどね、みずほ、言ってたんだ。『これが、人を好きになるってことなんだね』って」

「……」

イキイキとした様子で、大学に来たあの日。

『人を好きになるって、こういうことなんだね！』

そう言って笑った彼女は、心からそう思っているように見えた。

「ずっと、恋をすることに憧れてたみずほが見つけた、初めての本気の恋だと思うんだよね。だからこそ、応援したいし、叶《かな》ってほしいって心から思ってる」

初めてできた、本当に好きな人。それがどれだけ彼女にとって嬉《うれ》しいものなのかは、想像に難《かた》くない。現状、その恋が成就《じょうじゅ》するかは、かなり怪しいところではあるけれど、それでも、昔を知っている私だからこそ、応援したい気持ちは人一倍大きいんだ。

「……恋海《こうみ》とみずほは、本当に良《い》い友達なんだね」

「え⁉　そうかな……もちろん、親友だとは思ってるけど……」

穏やかに笑う将人《まさと》の表情が素敵で、思わず目を逸《そ》らしてしまった。油断も隙も無いんだから……。でも、みずほと良《い》い仲だと言われたら、もちろん悪い気はしない。

「と、とにかく。だからなんで落ち込んでるのか知りたいんだけど……」

「それには情報が足りない、ってことなんだね。うーん、難しいな」

私の予想では、思い悩んでいることはきっと運命の人関連なんだと思うんだけど……私にも言えないことって一体なんなんだろうか……。

「ごめん、やっぱりあんまり思いつかない……」

「うーんそうだよね！　むしろ無理言ってごめん！」

やっぱり、そうだよね。これぱっかりは、みずほが自分から相談してくれるまで待つしかないか……。

「だけど、恋海《こうみ》のその気持ちは、きっとみずほも嬉《うれ》しいと思うんだ」

優しい声で、将人《まさと》が言う。

「だから……そうだな、今はみずほが落ち着くのを待ってあげてさ。落ち着いたら……それこそ運命の人を紹介でもしてもらおうよ」

「……あはは、それいいかもね！」

確かに、そうかもしれない。むやみやたらに詮索するのではなく、朝もそうしたように、みずほが困ったら手を貸してあげられるように。

みずほの運命の人、見てみたいしね！

そんな風に考えたら、少し気持ちが楽になった。

「ありがとう将人《まさと》！　いつも助けてもらってばっかりだね」

「いやいや、今日は本当になにもしてないよ？」

やっぱり将人《まさと》は本当に素敵な人だな、というのを再確認しつつ、とりあえず、みずほの事は見守ることにする。

そして、それはそれとして……。

まだ始業まで少しだけ時間があるのを確認して、私は隣に座る将人《まさと》の腕を取った。

「……ね、今日帰りどっかご飯いかない？」

「うん、いいよ。今日はバイトとかもないし」

「やった！　今日はどこに行こうかなあ」

私は、将人《まさと》にアピールしなきゃね！　絶対絶対、将人《まさと》を私の彼氏にしてみせるんだから！

……将来的には、みずほが付き合うことができたら、４人で出かけたり、とか。そういうこともしてみたいな。

るんるん気分で、私はその後授業が始まるまでの時間、将人《まさと》と行くレストランを探すべくスマホをいじるのだった。

元気っ娘JDは下調べする ●○●

運命の人がボーイズバーで働いているかもしれないということが分かってから数日。私は、ボーイズバーというものについて調べていた。

「キャストの男性とお話しできる……仲良くなれる……お酒を飲む……うーん」

調べると沢山の情報が出てくる。どういうお店なのかという説明だったり、ボーイズバーでの体験談が記されたブログだったり、お店の宣伝をしてるサイトだったり。

授業が行われていない空き教室の一角で、私はボーっとそれらの情報を眺める。前お店を調べた時に知っていたことだけど、お酒を提供するのがメインなお店ではあるものの、ノンアルコールカクテルのような物も充実してるらしく、どうやら、未成年でもお店には行けるらしい。

そのこと自体は喜ばしいことではあるものの、やはり不安は拭えない。

「1人とか絶対無理だよなあ……」

せめて誰か一緒に来てくれれば。そう思わないでもないが、知り合いでこの手のバーに詳しい人など全く知らない。こういうのは経験者に連れていってもらうのが一番良《い》いと思うんだけどな……。

そんな事を考えながらしばらく色々調べ物をしていると、とある記事に目が留まる。

『ボーイズバーから男女の仲になれる!?』

「……!」

気付けば私は、その記事をタップしていた。

いやいやいや? 別に? 興味本位なだけですし? 私は全然、急に男女の仲とか、そういうことを期待してるわけじゃ……って、誰に弁解してるんだろ私。

書いてあったのは、実際にボーイズバーのキャストと付き合うことができたという体験談と、それはかなり稀《まれ》なことであり、付き合うのを狙ってお店に行くのは得策ではないという、至極真っ当なことだった。

「まあそんな上手《うま》くいくわけないよね……」

ボーイズバーで働いているということは、それだけ女の子の扱いに慣れているということ。話が盛り上がった! と思っても、実は向こうは全然つまらなかったなんてことが、ザラにあるらしい。想像しただけでも恐ろしい……。

記事を読み終えて、スマホを閉じる。大きく伸びをしてから、椅子の背もたれによりかかって、教室の天井を眺める。

「やっぱり、ボーイさんだったから優しかったのかな……」

と、そこまで考えて、勢いよく私は席を立った。

やっぱりダメダメ! 座って考えていると、どうしてもネガティブなほうに考えが寄ってしまいがちだ。

「行こう！　それから考えよ！」

百聞は一見に如《し》かずという言葉もある。とにかく行ってみないことにはなにも分からないので、私はそのお店がある場所まで行ってみることにした。私は昔から、考えるより行動派なんだから！

「で、勢いで来たはいいんだけど……」

件《くだん》のお店がある駅の繁華街。夜の入り口にあたる今の時間帯は、多くの人で賑《にぎ》わっている。今日はあくまで下調べで、お店の中に入るつもりはない。ほ、ほら？　場所とか分かっておいた方が良《い》いかもしれないし？

それに、もしかしたら……

「会えるかも、しれないし……」

望みが薄いことはもちろん分かっている。けれど、あの日会えたように、この町にいれば、彼に会うことができる確率は上がっているはずなのだ。間違いなく、あのお店で働いてはいるのだから。

意を決して、私は歩を進める。スマホの地図によると、例のお店はもう少しこの繁華街を進んだ先の路地を入ったところにあるらしい。

進んでいくにつれて、少しずつ周りにいる人達の層が変わっていく。駅の近くは、学生だったり、会社帰りのOLだったり。それがこの路地に入ったところで、明らかにこう、未成年お断り感が強い店の並びに変わっていた。

キョロキョロと周りを見ながら、スマホ地図の案内通りに進んでいく。煌《きら》びやかな装飾。外には、スーツを着た女性や、着飾った男性が道のそこかしこに立っている。

「おねーさん、ボーイズバーどうですか？」

「はえ⁉　あ、いや、だいじょーぶです！」

急に声かけないで欲しいでござる！　私はその場から逃げるように早足で路地を進んでいく。

そろそろ、目的のお店があるはずだ。

「あった……」

路地に入ってからは割とすぐに、そのお店はあった。看板には、煌《きら》びやかなネオンで『Festa』の文字。名刺でもらったお店と、一致している。

お店の前に置いてある、立て看板を見てみる。

「……わ、わからん……」

看板に書いてあったのは、時間でいくら、みたいなのと、チャージ？　なるもの。事前に調べただけでは、大体どれくらいのお金が必要かしか把握しておらず、どんなシステムになっているのかまでは知らなかった。

え、カラオケみたいな感じ？　30分いくら、みたいな……。

「いらっしゃいませ！　当店に興味がおありですか？」

「ひゃい⁉　あ、いえそうではなく……」

立て看板を見て固まっていると、急に声をかけられた。後ろを振り向けば、見覚えのある制服を着た、若い男の人が立っていて。

けれど、運命の人とも、この前名刺をくれた人とも違う男の人ということだけは、分かった。

「初めてですか？　うちは値段もそこまで高くないですし、楽しんでもらえると思いますよ！あ、なんなら僕が最初一緒に席着いちゃうなんてことも！」

「あ、えっと……その……」

ひええ怖いよー！　めっちゃ笑顔だけども！　人も良さそうって思うけど！　なんか獲物を見つけたみたいな感じに思われてそうでとっても怖い！　助けて恋海《こうみ》！

コミュニケーション能力にはそこそこ自信がある方だと思っていたんだけど、そんな自信は開幕5秒で粉々に砕け散りました！

「興味あるなら、1時間だけでも、歓迎ですよ！」

対応に困っている間に、お兄さんはどんどん距離を詰めてくる。どうしよう。看板を見てたわけだし、興味ないですは無理あるし……。

意志の弱いみずほちゃんが、このままお店に入ったら……きっとお財布の中が空っぽになるまでお金払わされちゃうんだ！　きっとそうに決まってるー！

でもどうやって断ろう……もう逃げるしか……。

「……もしかして、みずほ？」

「……え？」

聞き覚えのある、声がした。それは、最近よく聞く、とっても心地《ここち》の良《い》い声で……私を悩ませる、悩みの種でもある声。

「ま、将人《まさと》……？」

親友恋海《こうみ》の想《おも》い人……片里将人《かたさとまさと》が、普段と変わらない私服姿で、いつの間にか後ろに立っていたのでした。

「ご、ごめんね……助けてくれてありがと」

「んーん、それより、何か変なこととかされなかった？」

「いやいや！　平気だけど……お店の人と知り合いだなんて、びっくりしたよ」

将人《まさと》がお店の人と話して、私を解放してもらった。どうやら、お店の人と知り合いらしい。

なんかお店の人が言いかけてたのを、将人《まさと》が必死で止めてたけどなんだったんだろう？

駅の方へと、将人《まさと》と一緒に歩く。いつもならすぐに言葉が出てくるのに、この前のこともあってか、何を話したらいいのかわからない……。

「ちなみにあんなところでなにしてたの……？」

「え、あ……ち、違うよ⁉ 今度行く美容院を探してたんだけど、そしたらちょっと、道！ 道を間違えちゃって！」

将人《まさと》の目線が、若干気を使っているように見えて、私は慌てて訂正する。私が普段からあーゆー所に行ってると思われちゃう！

「……全然俺は、いいと思うケド？」

「ちーがーうー！ 誤解だから優しい目線向けないで！」

「冗談冗談、ごめんね」

「……ッ！……もー困っちゃうなあ！」

そう言って笑う将人《まさと》があまりにも魅力的で、つい目を逸《そ》らしてしまった。ほんと、将人《まさと》は隙あらば好感度上げに来るんだから……困っちゃうね！

「というか、将人《まさと》こそこんな所でなにやってるのさ！」

「あー、俺はほら、ここ家の最寄り駅だから」

「それもそっか……」

確かにここは将人《まさと》がいつも帰る時に降りる駅だ。ここで一人暮らしをしているらしい。こんな危なっかしい将人《まさと》が一人暮らしなんてお姉さん心配だな！

そうこうしている間に、駅へとたどり着いた。将人《まさと》は、逆側の出口から歩いて帰るらしい。

「本当に送って行かなくて平気なの？」

「うん！　大丈夫！　この後予定もあるしね」

予定もあるのに、改札まで送ってくれるのだから、将人《まさと》は本当に律儀《りちぎ》な人だ。

「あ、そうだ」

「ん？」

そろそろ改札が見えてくる、駅のエスカレーターで、先に乗っていた将人《まさと》が、こちらを振り向く。

「ちょっと元気そうで安心したよ。恋海《こうみ》が、心配してたからさ」

「……にゃはは。もー私はいつだって元気いっぱいみずほちゃんなのに困ったなあ？」

恋海《こうみ》、の名前を聞いて、急に罪悪感が湧いて来る。ちゃんと、たまたま駅で会っちゃったって話しておこう。

「それに……俺も心配してたんだよ」

「え？」

エスカレーターが、改札のある階にたどりついた。

「みずほはさ、悩みとかあっても、皆には明るく振る舞うでしょ？　だから、無理してないかな、って……」

……やめて。

「なんてね、まだ全然知り合って時間も経《た》ってないのに、偉そうなこと言えないけど……ほら、俺もみずほの明るさと、笑顔に、いつも元気もらってるから」

やめてよ。

これ以上――優しくしないで。

前を歩いていた将人《まさと》を追い越すくらいのスピードで、歩いて、それで。私は必死で呼吸を整えてから、勢いよく将人《まさと》へ振り返った。

「へ、へへーん！　大人気みずほちゃんはいつもそれくらい明るくないとね！　将人《まさと》っちも感謝してよね！　こんなに明るいみずほちゃんが隣にいたら、夜でも明かり無しで暮らせちゃうくらい眩《まぶ》しいデショ！　じゃ、また明日この明るさを貴方《あなた》の元へお届けに参りますので……それじゃ！」

うん、また明日ね、という将人《まさと》の言葉を背に受けながら。私はすぐに改札を通り抜ける。

何故《なぜ》だろう、目から何かが溢《あふ》れそうになっているのは。

何故《なぜ》だろう、嬉《うれ》しいのに、苦しいのは。

「勘弁してほしいなあ……なんで、なんでだろうね……！」

将人《まさと》から見えなくなるところまで早足で歩いて。

私は、抑えきれない感情を吐き出した。

数十秒、荒い息を吐いて。そこからゆっくり、何度か深呼吸して。ようやく、気持ちは落ち着いていた。

「……行かなきゃ。あのお店に」

——これ以上は、耐えられないかもしれないから。

私はこの想《おも》いと決別するために。運命の人に会いにいくんだ。

バスケ部ＪＣは買い物する

由佳《ゆか》とバスケをするのも、日課になってきたある日。

練習を終えて、軽くストレッチをしていると、由佳《ゆか》が不意にしゃがみ込んだ。

「あれ……」

「どした？」

「いや、ちょっと靴紐《くつひも》が……」

近づいて見てみると、確かに由佳《ゆか》の靴紐《くつひも》が解《ほど》けている。しかし俺はそこよりも気になったことがあった。

「だいぶボロボロだね、由佳《ゆか》の靴……それにこれ、バッシュじゃないよね？」

「あ、えっと……持ってるのは屋内用だけなので、外は運動靴を使ってて……」

バッシュ、というのはバスケシューズの略。基本的にバスケは専用のシューズを履いて行うことが多いのだが、それはあくまで体育館での話。

俺と由佳《ゆか》が練習しているような外のコートでは、屋内用のバスケシューズは使えず、運動靴でプレーすることも少なくない……だけど。

「なるべくなら、外用のバスケシューズがあった方が良《い》いと思うんだよね」

「そう、なんですか？」

「怪我《けが》のリスクは、やっぱりバッシュの方が抑えられるからね」

普通の運動靴でも問題はない……けど、やっぱり足首や膝にかかる負担を考えたら、バスケシューズでやるに越したことは無い。それこそ、そろそろ公式戦って話もしてたし、そうでなくとも、大切な妹（自称）で成長期の由佳《ゆか》には万が一にも怪我《けが》してほしくないから、できることならバスケシューズでプレーして欲しいんだけど……。

いそいそと、靴紐《くつひも》を結び直している由佳《ゆか》を見る。バスケがあまりにも上手《うま》くて忘れてしまうが、この子はまだ中学生。たくさんの可能性を秘めている時期。そんな大切な時期に俺との練習中に怪我《けが》をしてしまうリスクは、最小にしておきたいな……。

「由佳《ゆか》」

「はい！」

打てば響くような由佳《ゆか》の返事。この快活な返事も、由佳《ゆか》の長所の一つだ。

「バッシュ、買いに行こうか」

「ええ!?」

「やっぱり、新しいバッシュあった方が良《い》いと思うし……来週あたり、行ってみよう？」

「は、はい！」

由佳《ゆか》ともかなり仲良くやらせてもらってるし……これくらいは、良《い》いよね！

「こ、これって、で、デートってことだよね……？　ショッピングデートだもんね？　そうだよね……？　お、お兄さんと、デート……！」

「……？　どした、由佳《ゆか》」

「ひゃい！　な、なんでもないです！」

なにか小声で呟《つぶや》いていた気がするけど……ついでに心無し顔も赤いけど、気のせいか？


翌週。駅に併設されたショッピングモールの一角にあるスポーツショップに行くべく、俺と由佳《ゆか》は駅で待ち合わせをしていた。

待ち合わせの10分前くらいに駅に着いたのだが、改札を抜けた先には、既にキョロキョロと周りを見渡す由佳《ゆか》の姿があった。

「由佳《ゆか》おはよ。もう来てたんだ早いね」

「あっ、お兄さん！　おはようございます！　ちょっと早く起きちゃって……」

えへへ、と年相応の無邪気な笑みを浮かべる由佳《ゆか》。んー可愛《かわい》い。本当にこんな妹がいたら溺愛してしまうこと間違いなしだな……。

ふと、由佳《ゆか》の姿を見て気付く。

「そういえば、由佳《ゆか》の私服って見るの初めてかも？」

「そ、そうですよね……私いつもバスケウェアですし……」

そう言って少し恥ずかしそうに笑った由佳《ゆか》が、少し手を広げて服を見やすいようにしてくれる。

「ど、どうでしょうか……？」

由佳《ゆか》の服装は、白のシャツに、デニムのオーバーオール。少しシルエットが大きく見えるオーバーオールが、背伸びしている感が出ていて可愛《かわい》らしい。いつもスポーティーな印象を持っているからこそ、今日の私服は女の子らしさが際立《きわだ》っている。

「うん、可愛《かわい》いね。よく似合ってるよ」

「あ、ありがとう、ございます……」

今時の中学生って皆ファッション気遣ってるんだなあ。素直に凄《すご》いという感想しか出てこないや。

「か、可愛《かわい》い、か。嬉《うれ》しいけど、うーん……！」

「由佳《ゆか》？」

「ひゃい！　今行きます！」

■

お兄さんと、デートの日がやってきました。バッシュを買うという目的こそありますが、これはれっきとしたデート……！

　正直、楽しみすぎて昨日は全然眠れなくて。今日も朝絶対寝坊しちゃダメだと思って早めにアラームかけちゃったから、30分前に集合場所に着いちゃいました。

　待ち合わせ時間の10分前にはお兄さんも来て、それで……

「可愛《かわい》いって言ってもらったのは、嬉《うれ》しいけど……！」

　できれば、綺麗《きれい》とか言ってもらえたら、ベストだったんだけどな……。

　せっかくのお兄さんとのデート。今日はちょっとでも女の子として意識してもらうためにも、頑張って一番大人っぽい服を選んできた。

　とはいえ、まだまだこれから。今日一日を使って、しっかりアピールしないと！

　気持ちを引き締めて、私はお兄さんの背中を追いかけるのでした。


「結構広いですね……！」

「バスケ以外のものも置いてあるからねー。さ、バスケコーナー見に行こうか！」

「はい！」

　ショッピングモールの3階。エスカレーターを昇ったすぐのところに、目当てのスポーツショップはありました。

　店内を歩いていると、様々なスポーツ用品が目に入ります。私は、バスケしかやってないけれど……お兄さんはバスケをちゃんと習ったことはほとんど無いと言っていました。

習ってなくてあれって相当凄《すご》いのでは……というのは一旦置いておいて、きっとお兄さんは、他のスポーツをやっていたんだと思います。

隣で、懐《なつ》かしそうに周りを見渡しているお兄さん。

「お兄さんは、来たことあるんですよね？」

「まあ、一応あるんだけどね。ほとんど初めてみたいなものだよ」

リニューアルオープンでもしたのかな……？

私は、お兄さんが前にやっていたスポーツを知りません。それどころか、私はまだ、お兄さんのこと全然知らないから。こういう機会を使って、できれば沢山のことを知っていきたいな。


少し歩いたら、バスケコーナーを見つけることができました。奥にまで入って行けば、壁沿いにずらっと並ぶバスケシューズの数々。

「由佳《ゆか》は足のサイズいくつ？」

「えっと、バッシュだと、23くらいです」

私の話を聞きながら、お兄さんがバッシュを眺める。その目は、真剣そのもので。なんだか私の事をすごく考えてくれていると思うと、それだけで嬉《うれ》しくなってしまいます。

「この辺かな……サイズもありそうだし、メーカーも有名なところ多いし」

「そうですね！」

幸い、お母さんに事情を話して、お金はもらうことはできた。私が選んでも良《い》いんだけど、お兄さんとの練習で主に使うものだし、お兄さんにも選んで欲しいな、なんて……。

「お、これ俺が使ってる奴《やつ》にデザイン似てるなあ」

「……！　ほんとですか⁉」

「あ、でも俺のは屋内用のやつだけどね？　ここの水色のラインがカッコ良くってさ」

お兄さんが手に取ったのは、白が基調になっていて、ロゴやラインが水色になっているもの。

私も、それは見た時から気になっていて。

「じゃあ、それにします！」

「え、はやない？」

「いいんです！　試しに履いてみます！」

店員さんに頼んで、試し履きをさせてもらう。うん。サイズも良《い》い感じ。窮屈な感じはないし、かといって、大きすぎて動きづらいということもない。

「これにします！」

「お、おお？　由佳《ゆか》が気に入ったなら全然良《い》いんだけど……」

お兄さんとお揃《そろ》いなら、そんなに嬉《うれ》しいことはないよね！　最初に目が入ったデザインだったこともあって、即決だった。

「あ、じゃあ由佳《ゆか》ここでちょっとシューズとか見ながら待ってて。俺も買いたいのあったから」

「？　わかりました！」

バスケ用品なら、私も一緒に見に行きたいけれど……と思ったけれど、もうその時にはお兄さんは歩き始めていて。とりあえず、他のシューズも見ながらお兄さんを待つ。最近は可愛《かわい》いデザインのシューズも出ていて、見ているだけでも飽きないんだよね。


しばらくそうしてバスケコーナーを巡っていると、お兄さんが帰って来た。……右手に、何か袋を持って。

「由佳《ゆか》お待たせ〜……はい！」

「え？」

手渡された袋の中身を見てみると……そこには、さっき買うことを決めたシューズが。

「え、ええ!?　そ、そんな。私お母さんに話して、買うって言ってきましたよ!?」

「いいのいいの。由佳《ゆか》には、俺もお世話になってるし。日頃の感謝の気持ちだと思って」

「〜っ！」

ぽんぽん、と頭を撫《な》でられると、何も言い返せない。私に言わずに、買ってきてくれたのだ。嬉《うれ》しくて、言葉が見つからない。と、とにかくお礼は、伝えないと！

「あ、ありがとうございます！」

「はい。どういたしまして。これからも沢山練習しようね」

「はい！」

ああ、もう本当に、お兄さんには沢山のものをもらってばっかりだ。思いっきりお兄さんに抱き着きたくなる衝動を抑えて、代わりに、私は買ってもらったシューズを抱き締める。

嬉《うれ》しい、嬉《うれ》しい嬉《うれ》しい！

「そんなに気に入ってくれたなら良かったよ」

「はい！　とってもとっても気に入りました！」

「じゃあ、試合の方も、頑張ってね？」

「……！　はい、もちろんです！」

もちろん、買ってもらったシューズのデザインも気に入っていたけれど、なによりも。

やっぱり、大好きな人からプレゼントされるって、こんなに嬉《うれ》しいことなんだって。

……にこやかに微笑《ほほえ》みかけてくれる、お兄さんを見る。

少女漫画のヒーローが現実に出てきちゃいましたって言われても、納得してしまいそうな爽やかな笑み。

今日はどうにかして意識してもらおうと頑張ったのに、結局、私がプレゼントをもらっちゃって、きっと、お兄さんの認識は『妹』のまま。

どうやったら、お兄さんに恋愛対象として見てもらえるのでしょうか。

どうやったら、隣に立つに相応《ふさわ》しい女の子になれるのでしょうか。

……まだ子供の私には、わからなくて。

今はただ、撫《な》でられている手のひらの感触を心地《ここち》よく受け入れることしか、できないのでした。

ツンデレ系ＯＬは歪む

土曜日の夜の感情って複雑。

明日もお休みだから今日は夜更《よふ》かしできるぞーって思ったりもするし、ああ、お休みが一日終わってしまった。って気持ちにもなる。

まあなんにせよ、基本的に私は大切な休日だからこそ、自分のために使いたい派の人間なのだけど。

「めぐは最近どうなのよ～！」

「ええ～？　変わんないよ？　でもそうだな～同棲《どうせい》って意外と難しいなって思うかな～」

「きゃ～！　いいないいなあ～私も彼氏と同棲《どうせい》したいな～」

「……」

今日は、大学の頃仲が良かったメンバーに誘われて、ちょっとだけ良《い》い居酒屋で夕飯兼飲みみたいな会。

私以外は全員彼氏持ちで……正直肩身が狭い。

あんまり来たくなかったのだけれど、一番仲が良かった、まいから強く誘われて断りにくかった。

もうご飯から飲みに移行して1時間程が経《た》つけれど、会話は彼氏との話になりつつあった。

こうなるってわかってたから来たくなかったのよね……。

「え、実際どうなの？　同棲《どうせい》って……毎日やっちゃうの？」

「やば。流石《さすが》に下世話すぎ。でも気になる」

元々エグい話が好きだったメンバー。当然こういう系統の話にもなるわけで。

「そういうのって言いにくいものなんじゃないの？」

「何言ってんの！　星良《せいら》だって気になるでしょ？　あんたもこういう話好きだったくせに」

「そーよそーよ！　同棲《どうせい》してる奴《やつ》には義務があるのよ！　リアルな話聞きに来たんだから！」

はぁ……。

他人の情事とか聞かされてもなあ……。一応彼氏の顔は見せてもらった。確かにそこそこカッコ良《い》いとは思う。

まあ、まさとの方がカッコ良《い》いけど。

友人達の下世話な話を聞き流して、私は運ばれてきたつまみを口に運ぶ。

「星良《せいら》は？　最近どうなの？」

「え？　私？」

いつの間にか、私に話が振られていた。

この子達は私が元カレ……元カレと言うのも寒気がするけれど。元カレにされた仕打ちと、別れた話を知っている。

だからあまり、会いたくなかった側面もあるのだけど……。

「最近は、割と楽しいわよ」

「え！　なに男!?」

「星良《せいら》男できたの!?　写真見せて!!」

「……あんたらすぐ男って判断するのやめなさいよ……まあ間違ってないんだけど……」

お酒に酔って顔を赤らめた友人達が、食い気味に迫って来る。

色恋沙汰好きすぎでしょもう……。

仕方なく、私はこの前のデートの時に撮ったまさとの写真を見せてあげた。

この前のデートの時に、ご飯を食べ終わって紅茶を飲んでるまさとにスマホを向けたら、笑ってピースしてくれた。可愛《かわい》すぎ。天使。

「え、かっこいい。なんかゴリゴリのイケメンってより清涼感を感じるイケメンだわ」

「優しそ〜いいなこんな人どこで知り合ったの？」

まさとを褒められて、私も鼻が高い。

そうよね。当然当然。まさとはカッコ良くて優しくて天使なんだから。

お酒も回ってきて気分が良くなった私は、ついしゃべりすぎてしまう。

「その子ね、バーで働いてるのよ。週1でね。だからその出勤日に会いに行ってるわ」

「え？……」

「……バーって、ボーイズバー的な？」

「？　そうよ」

なんか3人が目を合わせている。何？　何か変なこと言ったかしら。

遠慮がちに、まいがスマホを返してきた。

「あーっと、星良《せいら》はこの子と付き合ってるの？」

「んーん。まだ付き合ってないわ」

「えっと……星良《せいら》この子に月いくら使ってるの？」

何？　なんか変な空気になってきたわね。

お金なんて、大した問題じゃないと思うのだけど。

「お金？……大した額じゃないわよ。毎月給料の半分くらいじゃない？」

「給料の半分⁉」

なによ大きな声出して……。

毎週通ってるから多分そんなもんだと思う。それにこの前はデートで奮発したし、今度プレゼントも買ってあげようかなって思ってる。

まさと、喜んでくれるといいな……。

「星良《せいら》」

「……何？」

まいがさっきまでの楽しそうな表情はどこへやら、真剣な表情で私の手をとってきた。

他2人も心配そうな表情でこちらを見ている。

「この人は、やめておこう。私が今度彼氏にお願いして合コン開くから、そこに来て」

「……はい？」

合コン？　全然興味が無い。

今はまさと以外の男に使うお金は無い。

それになに？　やめておこうって。

「厳しいこと言うけどね、金ヅルにされてるんだよ星良《せいら》は」

「あ～その心配ね。大丈夫。まさとはそういう子じゃないわ。週1出勤だし、私しか常連がいないの。だから私が払ってあげなきゃダメなのよ」

なるほどなるほど。理解した。

この子達は、まさとが有象無象のボーイと同じであると思っているんだ。

その心配ならいらない。まさとは特別。この前他のお店に行って、再確認したんだ。まさとは、特別なんだって。あの子は、そんな子じゃない。

だから、私は大丈夫。

「星良《せいら》……」

……だからその表情をやめなさいよ。

「星良《せいら》、やっぱりダメだよ。合コン必ず来て。それで、その人は諦めよう。星良《せいら》のためにならないよ」

……私の為《ため》って、何？

ふつふつと、私の中で怒りが湧いてきた。

「私の為《ため》ってなによ？　私の為《ため》を思うなら、どうして応援してくれないの⁉　あなたたちに、何がわかるの⁉」

「星良《せいら》……落ち着いて」

「冗談じゃないわよ！　私がどんな目に遭ったかわかってるでしょ⁉　苦しくて、辛《つら》かった時に、助けてくれたのがまさとなの！　あの子はそんな子じゃない！　どうしてわかってくれないの⁉」

お金を使いすぎてないかいっつもまさとは心配してくれる。

優しい言葉をかけてくれる。本当はやりたくない仕事のはずなんだ。

だから私がちょっとでも助けになれればと思ってお金を払うことの何がいけないの？

「……変な心配はしないで。まさとはそういう子じゃないから。今順調なの。水を、差さないで頂戴」

依然として、まいも、他の2人も、悲しそうな表情でこちらを見ている。

やめてよ。

そんな顔で、見ないでよ……！

きっと日付はもう跨《また》いだだろうか。

飲みの帰り道、私は街灯の灯《とも》る夜道を1人歩きながら今日友人達に言われたことを思い出していた。

『騙《だま》されてるよ』

『金ヅルになってるんだよ』

『仕事だからだよ』

――違う。

違う違う違う違う違う違う違う！！！

まさとはそんな子じゃない。私が誰よりも知ってるんだ。

心優しい子。笑顔が可愛《かわい》くて、守ってあげたくなる子。

断じてあの子達が言うような、世の中の一般的なボーイじゃない。この前行ったお店にいた、薄っぺらい言葉を並べるボーイではなく。また、守銭奴のように、女心を弄んで金を搾り取るような子でもない。

そのことは、私が一番よく知ってるんだから。

私は、間違ってない。

スマホを開いて、SNSのアプリをタップした。

そこには、先ほど送ったまさとへのメッセージ。

《星良《せいら》》『友達と飲んで来たわ』

《星良《せいら》》『今度合コン誘われちゃった。あんまり気が進まないんだけど……』

……大丈夫。まさとならきっと止めてくれる。

俺がいるじゃないですかって言ってくれる。

SNSのトーク画面の背景に設定したまさとの写真をうっとりと眺めていると、メッセージに既読がついた。

思わず、画面を戻す。

きっと返信が、送られてくるだろうから。

「っ……！」

メッセージが、来た。

《将人《まさと》》『お疲れ様です！　楽しかったですか？』

《将人《まさと》》『お～！　いいじゃないですか。良《い》い人、いるかもですよ！』

……どうして？

なんで止めてくれないの……？

良《い》い人なんか、いないよ……。

私にはあなたしかいないんだよ……？

まさとしか、いないいんだよ……。

スマホの画面に、水滴がいくつも落ちた。

雨は降ってない。

それは、どうしようもないほどに、私の目から零《こぼ》れていた。


金曜日。

金曜日だけは残業しないって決めていたのに、クソ上司のせいで残業させられた。

マジであいつだけは許せないわ……。

そんな事情もあって、私は急ぎ足でお店に向かっている。

この一週間は、もやもやしながら過ごすことになった。

けれど、私の気持ちは変わってない。私にはまさとしかいない。あの店でまさとにお金を出せるのも、私しかいない。

だから、一つ決めたことがある。

付き合ってから、友人達には報告しよう。

今はまだ、彼氏ではないから心配しているのだ。じゃあ付き合ってしまえば問題ない。その時は彼女達もきっと祝福してくれるはずだ。

だから、私とまさとは次の段階に行かなければならない。

同伴はやったから……次はアフター、とか。優しいまさとなら、きっと許可を出してくれるはずだ。

気分が高揚する。

まさとと、ちょっと良《い》いところでご飯を食べて。良《い》い雰囲気になって。ちょっと勇気を出して、家に来ないか誘ってみて。

そして、一夜を明かす時。それはどんなに素敵で……ロマンチックなんだろうか。

そこに辿《たど》り着《つ》くためにも、今は準備が必要。

まさととの距離をもっと縮めなければいけない。

お店に到着。

結構遅くなってしまった。この時間だと、まさとは受付とかやっているのだろうか？

もうまさとに会ってもいいように身だしなみを整えて、お店のドアを開く。

「いらっしゃいませ、お嬢様……あ、いつもありがとうございます」

受付は、まさとではなかった。

けれど、毎週来るようになったからか私の顔は恥ずかしいことにボーイの人達に知られてしまっている。

「え〜っと……」

「まさとですよね？」

「あ、はい。そうです」

恥ずかしいながらも、ちょっとした優越感もある。

このお店で、まさとを指名するのは私だって決まっているかのような――。

「ごめんなさい、まさと今接客中でして……。他のボーイで良ければご案内できるんですけど」

――え？

まさとが、接客中？

誰に？

私以外の、誰に？

まさとのことを待つ名目で、私は一旦店の外に出た。

気持ちを整理する時間が必要だし、このお店で、まさと以外の接客を受けるつもりはない。

話す程度なら平気だけれど、接客を受けるのには、抵抗があった。

まさとが、誰かに接客している。

私の、せいだ。

私が来るのが遅れたから。

やっぱり残業なんかどうにか理由をつけて帰って、すぐに来るべきだったんだ。

他の女がまさとによりつく時間を与えてしまった……！

思わず私は地団駄を踏んだ。

二度と金曜日に残業はしない。仮病でもなんでも使って帰ってやる。

腕時計を見る。

そろそろいいだろうか。

お店に戻ろう。

歩いてお店まで戻る。

よほど延長とかしていなければ、もう終わる頃合いだ。大丈夫。ただのもの珍しい客だったんだ、きっと。

今日だけ、たまたま。

私の方が、きっとまさとに多くお金を使ってるし、愛情もたくさんもらってる。

だから、大丈夫。

そう自分に言い聞かせて、お店の前まで行くと――。

丁度まさとが、お客さんを見送っている。

その、視線の先。

見てしまった。その女を。

私には、見覚えがあった。

知っ、て、い、る。

あの女を私は知っている。

髪型は違っても、すぐにわかった。ドラッグストアで、まさとに優しくしてもらってた、娘
……！

黒い感情が胸の奥底で渦巻いた。

見てわかった。前は薄汚い娘だと印象を受けたが、違う。

快活に笑う、ツインテールの少女。

それを見送る、まさともまた笑っている。

ああ。まさとが、笑っている。

どろ、と感情のバケツから何かが溢《あふ》れ出《だ》した。

ダメ。

ダメダメダメダメダメ！！！

絶対にダメ！

そこは、そこは私の――！！！

「じゃあ、またね、将人《まさと》」
「うん、また」
また？
私はその場で膝に手をついた。
「う……おぇ……」
吐きそうだった。
どう考えたってわかる。
あっちの方が、お似合いだ。
明るくて快活な若い子と、カッコ良《い》いまさと。
2人のやりとりが、眩《まぶ》しく見える。
誰が見たって、私と比べたらお似合いなのは向こうだって答えるだろう。
……でも。
決めたんだ。
手鏡を出して、もう一度身だしなみを整える。
顔色は酷《ひど》い。けどこれはどうしようもない。
諦めない。どれだけ汚くて醜くても、私はまさとしかいないって、決めたんだ。
渡さない。

渡さない渡さない渡さない渡さない。
ふらふらと歩いて、まだあの娘の背中を見送っているまさとの後ろに立つ。
なんて――声をかけよう。
ああ、そうだ。
いきなりあの娘の否定から入ったらだめだ。
まさとにも、事情があるかもしれないから。
それにまさとに悪い印象をもたれてしまうかもしれない。
むしろ、褒めてあげるくらいでいかないと。
だから、そうだな。
これでいきましょうか。

「可愛《かわい》い子ね」

[望月星良の場合]

< 星良

じゃあ、あの子は大学の友人なのね 23:34

既読 23:51 ですです！ 数少ない友人です笑

へえ、仲良いんだ 0:02

—— メッセージの送信を取り消しました ——
0:03

将人はああいう子がタイプなの？ 0:04

既読 0:15 そういう感じで考えたことはなかったです！ 笑

そう、でも可愛いわよね 0:21

既読 0:39 星良さんもそう思ってくれますか！ そうなんですよね！ 愛嬌あるし

既読 0:41 しかも良い子なんですよ本当に

—— メッセージの送信を取り消しました ——
1:35

そうなんだ 1:37

不在着信 2:23

不在着信 2:24

Aa

元気っ娘JDは踏み入れる ●○●

「お願いっ!!」

ぱんっ、と私は顔の前で手を合わせた。

一瞬閉じた目を、うっすらと開ければ、そこには困り顔の親友が1人。

「流石《さすが》にそれはみずほの頼みでも無理だってば……」

「え〜!! なんでよ〜!! 後生でござるよ〜〜〜! 困ったらいつでも声かけてって言ってたじゃん!」

「そ、それはそうだけど、それとこれとは別っていうか……」

大学内の休憩スペースにて。今は授業時間ということもあって大学内は人がいないのではないかと思うほどに静か。

空きコマで暇な私達はここで暇つぶしをしていて、そこで私は恋海《こうみ》に例のことを打ち明けた。恋海《こうみ》はすごく私のことを気遣ってくれていたし、恋海《こうみ》なら、話してもいいよねってことで。

話した内容は、運命の人が勤めているお店が、おそらくわかったであろうということ。そしてそこに足を踏み入れるためには、かなりの勇気がいること。

「あそこに1人で行くの怖いよ恋海《こうみ》〜一緒に来てよ〜」

「……私じゃなくて他の友達誘ってみたら？」

「こんなこと恋海《こうみ》にしか話せないよ〜」

私の運命の人は、おそらくボーイズバーで働いている、なんて。

接客してるのか、はたまた裏方なのかはわからないけど……制服っぽいの着てたし……。

だから今日お店に行こうと思っているんだけど、やっぱりそういうお店は初めてだし怖い。

そこで恋海《こうみ》に頼んでみたんだけど……。

「ついていってあげたい気持ちはあるけど……ほら……なんか、将人《まさと》に悪いし……」

「そっかぁ……そうだよね……」

うーん、そうすると他の友達を頼るかどうかなんだけど……頼み辛《づら》いなあ。

「っていうかさ……大丈夫なの？　その人。ボーイだったから優しくしてくれたとか……そういうんじゃないの……？」

「……」

私は無言で机の上に突っ伏した。

恋海《こうみ》の心配は尤《もっと》も。私も、そうかもと思わなかったわけじゃないから。

だけど。

私は思い出す。あの時かけてくれた言葉を。笑顔を。

あれが——。

「あれが演技や嘘《うそ》だったなんて、思えないんだよなあ……」

「……そっか。ごめん。疑っちゃって」

「んーん。恋海《こうみ》の言う通りだと思うもん」

うじうじ悩んでいても仕方ない。

私はもともと考える頭なんてある方じゃないし。

行動に移さないとね！

ガバっと、私は起き上がった。

「私1人でも行くよ！　このままうじうじ悩みたくないもん！」

「そっか……ごめんね、みずほ」

「謝らないで！　これはもとより、私に与えられた試練なのです……」

会って何を言うべきかも、そもそも会ってその人だってわかるかもわからない。

けれど、行動に移さなきゃ、なにも生まれない！

右手を大きく突き上げた。

「行くぞ〜!!　いざ！　戦場へ!!」

その突き上げた右手が、ぱしっと誰かに掴《つか》まれる。

おろ？

「どこに戦いに行くの？　みずほ」

後ろを振り向けば、そこには。

「ま、まさとおはよ～」

「ん、おはよ！　んで？　みずほどこ行くの？　戦場ってなんの話？」

やばばばばばば。

思わず素早くもう一度振り向いて恋海《こうみ》に助けを求める。

「な、なんでこっち向くの⁉」

ダメだ！　乙女状態の恋海《こうみ》では戦力にならない！

1人でなんとかせねば‼

「あ、あ～っと、その昔、軍師諸葛亮孔明《しょかつりょうこうめい》は曹軍100万に対して火計を弄したといわれており、そのころの気候で風は吹かないとされていたにもかかわらず諸葛亮《しょかつりょう》は祈禱《きとう》によって神風を起こし、これを連環の計で繋《つな》ぎ止《と》めて焼き払ったといわれー」

「うんうん。赤壁の戦いだね。なんで急に中国の話？」

「あ～っと。わわわわ、我ら3人！　生きた時は違えども死せる時は同じときを誓わん！」

「なんで桃園の誓い？　俺ら持ってるの盃《さかずき》じゃなくてペットボトルだけど」

苦笑いの恋海《こうみ》と、250㎖のペットボトルで乾杯！

くう～っ！　優しい親友に乾杯！

「そんなわけで、私は戦場に向かわねばならないのです！」

「そ、そうなんだ……なんかよくわかんないけど、頑張れ……？」

よ、ヨシ。

なんとか乗り切ったね。ぱーふぇくとこみゅにけーしょん。

軽快なSEが私の頭で鳴り響いた。

講義が終わって。

私達は3人で帰路についた。

恋海《こうみ》が乗る電車が違うので最初に別れ、まさとと他愛のない話をしながら電車内を過ごす。

隣同士で座っているけれど、やっぱり運命の人のことに集中するようにしてからは、幾分将《まさ》人《と》と話している時も自然に話せているような気がする。

「あれ、そういえば将人《まさと》っていつも降りる駅から家まで近いの？」

「そーね。近いよ結構。歩いて帰れる距離だし」

「そっかそっか……じゃあ電車が暴風雨で止まった時は泊めてね！」

こんな風にふざけた冗談も言えるくらいには。

「いいよ。そん時は連絡してくれ」

「……いいんかーい‼　いやダメでしょ！　断りなよそこは！」

「え、ええ？　なんでよ。みずほ帰れなかったら困るでしょ」

「い、いやそうだけどさあ……もうちょっと、なんか、ないの？　男の子だよね？　将人《まさと》」

「？……そうだけど？」

あちゃー、ダメだこりゃ。ダメです恋海《こうみ》さん。

この子の意識改革をしなければなりませんなあ～。

「あのね、男の子がそんな簡単に女の人を泊めちゃいけません！」

「なんだよ、そんなこと分かってるって。みずほだからいいよって言ったんじゃん。別に誰でも泊めたりはしないよ」

……。

将人《まさと》はずるい。平気でそういうことを言ってくる。

確かに、もう将人《まさと》と仲良くなってからしばらく経《た》つけど……。

そんなこと言われたら、ワンチャンあるかな、って思っちゃうよ。

「そ、そーゆーのは恋海《こうみ》に言ってあげな～あの子多分飛んでくるよ」

「？　なんでそこで恋海《こうみ》の話なん？」

この鈍ちんが！

恋海《こうみ》のことと、運命の人のことが無かったら危なかった。

いつか電車止まってないのに泊めてほしくて嘘《うそ》ついちゃうかもしれなかったよ。

そんなことを話している内に、電車が駅に着く。

将人《まさと》と一緒に、私は電車から降りた。

「……あれ？　みずほ乗り換えじゃないの？」

「あ、あ〜！　今日はちょっと予定あってさ、ほら！　この前言ってた美容院に、行かなくちゃいけなくて！」

「そうなんだ……？　じゃ、俺はこっちだから、またね」

「う、うん！　バイバイ！」

……怪しまれなかっただろうか。

改札を出ていく将人《まさと》を見送って、私は駅の喫茶店に入る。

アイスカフェオレを一つ頼んで、私は席についた。

「ふう……さて、と」

財布から、一枚の名刺を取り出す。

夜景が映る背景に、ワイングラスが一つ。

煌《きら》びやかな名刺には、アルファベットの筆記体でお店の名前が書かれていて。

『Festa』……か。

この前下調べしたこともあり、場所はわかっている。ただ、今は昼過ぎ。

夜まで時間を潰す必要があった。

「ア、アイスカフェオレ1杯で粘ったら怒られるかな……」

店員さんと周りの目を気にしつつ、私はひっそりとカフェオレのストローに口をつけるのだった。

時刻は、18時半ほどになった。

時計の針が動き、夜に近づくにつれ私の心臓が早鐘を打つ。

ボーイズバーなんてもちろん初めて。ネットで色々と検索して、マナー、ルールとか、やってはいけないことみたいなのを調べた。

指名みたいなシステムがあるらしいけど、どうしよう……まさか「大学生の子つけてください」とか言うわけにもいかないよね……？

とりあえず誰でもいいからついてもらって、その人から聞くのがベター？

でもなんか、ボーイズバーに遊びに行くこと自体に、罪悪感が……。

そこで、ふと思った。

――罪悪感。

いったい私は、誰にこの罪悪感を感じているんだろう。

運命の人？

それとも――。

ぶんぶんと、私はかぶりを振った。

今は、余計なことは考えない。

この気持ちに踏ん切りをつけるために、今日はここに来たのだから。

随分前に飲み終わったカフェオレの容器を返却口に返して、喫茶店を出る。

街はもう暗くなりだしていて、人の往来もさっきに比べてだいぶ増えたように思う。

「この先を曲がったとこ……か」

記憶を頼りに、お店へと進む。

路地の角を曲がれば、お店の看板が目に入った。

『Festa』……あれだ。眩《まぶ》しいくらいに輝いている、あの看板。

「す――っ……ふぅ――」

大きく、深呼吸。

これは、私欲のためではなく……ん？　でも運命の人に会いたいって話だから結局私欲？

まあいいや！

ドアの前には誰もいない。

恐る恐る、私はその扉を開いた。

大丈夫！　お、お金もそこそこ下ろしてきたし！　今日だけ！　今日だけだから！

店内に足を踏み入れる。

煌《きら》びやかな外装と同じように、内装もギラギラしているのかと思ったがそうでもなく、店の中は落ち着いた雰囲気だった。

ただ、やっぱりそれでも夜をイメージしたお店なのか、薄暗い中でほんのりと点《つ》いている照明が、大人な空間を演出している。

思わず私が立ち尽くしていると、お店の人がこちらに気付いて近づいてきた。

「いらっしゃいませお嬢……さ……ま」

「え……？」

上品なドレススーツ。上下、深い紺のスタイルに、黒のベスト。

胸には純白のポケットチーフがアクセントとして効いている。

髪は黒の緩いパーマ。

この髪型を、私は最近普段からよく見ている。

「まさ、と……？」

私を悩ませる男の子……片里将人《かたさとまさと》が。

カッコ良《い》い服に身を通してそこに立っていた。

将人《まさと》にボーイズバーに来たことがバレた。

将人《まさと》がボーイズバーで働いていた。

2つの事実が、ぐるぐると私の頭が回る。

思考がまとまらない。

立ったまんま、何秒経《た》っただろう？

「……っ！」

私は思わず、踵《きびす》を返した。

なんで？　なんでこんなに苦しいの？

将人《まさと》にボーイズバーに来たことがバレて、その将人《まさと》は実はボーイズバーで働いていて。どうしてこんなに感情がかき乱されるの？

いつも通り笑って、陽気に、「遊びに来ちゃった！」って、言えばいいだけなのに。「将人《まさと》こんなところで働いてるの⁉」って、言えばいいだけなのに。

誤解されたくなかった。

それと同時に、ここで将人《まさと》が働いているという事実に傷ついている自分もいて。

もう、わけがわからない。

ぐちゃぐちゃだ。

「待って！　みずほ‼」

帰ろうとした左手を取られる。

振り返りたくない。

今はきっとひどい顔をしているから。

「みずほ、待って……一回……一回話そう？」

煌《きら》びやかな店内の一角。

私と将人《まさと》は丸い机を囲んで2人で座っていた。

「え～っと……将人《まさと》の恩人の人？　がここのオーナーをやってて、恩返しも込みで働いている……ってこと？」

「そう、だね。けどまあ、なんだろ、別に強制はされてないし、俺もいいかなって好奇心だったっていうか……そんな、感じです」

「そ……っか……だからこの前も、この辺にいたんだね」

「まあ、そうだね……」

将人《まさと》が用意してくれたオレンジジュースのストローを、軽く1回回した。

氷がカラン、という乾いた音をたてる。

「週1回だけだけどね。ここで働いているから、大学行けてるっていうか……まあ、そんな感じかな」

「そう、なんだ……全然知らなかった」

仲良くなったつもりで、将人《まさと》のこと全然知らなかった。

そんな事情があったなんて。

でも、何故《なぜ》かちょっと安心している自分もいて。

「みずほは？　どうしてここに？」

「えっとね……」

私は、ぽつりぽつりと話し出した。

運命の人が、ここで働いているであろうこと。

その情報が欲しくて、この場所に来たこと。

話している内に、ついつい熱が入る。

……なんでだろう。

話しながら、やっぱりこの人には誤解されたくない、と思っている自分がいた。

「そっか……でも俺そもそも週1回しか入ってなくてさ、従業員全員を把握してるわけじゃないんだよね」

「そっか、そりゃわからないよね……」

「あ、でも他の人なら何か知ってるかもしれないし、協力はするよ！」

「え、ホント？」

「うん、その代わりと言ってはなんだけど……」

将人《まさと》が、きょろきょろと周りを見渡してから、ずい、と身体《からだ》をこちらに寄せてくる。

いつもと雰囲気が違くて、思わずドキドキしてしまう。ただでさえカッコ良《い》いのに、カッコ良《い》い衣装まで着られたらドキドキするなっていう方が無理な話。

ちょっと大人な雰囲気の将人《まさと》に、くらくらしてきた……。

「このこと、恋海《こうみ》には秘密にしてくれない？」

「え……？」

「恋海《こうみ》心配性だからさ、俺がこんな仕事してるって知ったらすごい怒りそうじゃん……？　恋《こ》海《うみ》怒ると怖いんだよ～みずほならわかるでしょ？」

確かに、恋海《こうみ》は将人《まさと》関連のことになると視野が狭まる印象はある。

け、けど恋海《こうみ》に秘密にするのはちょっと……というかかなり後ろめたいような……。

「お願い！　ちゃんと運命の人探し、手伝うからさ」

「……」

将人《まさと》の姿を、上から下まで見た。

本当に、カッコ良くて、優しくて……素敵な男の子。

恋海《こうみ》の、想《おも》い人。

恋海《こうみ》は私の事を信頼して、紹介してくれたのに。

なのに、私と、将人《まさと》だけの、秘密……？

瞬間、背筋がゾクリと震えた。

ダメだ。

これは、癖になっちゃいけないタイプの……。

「……いい、よ」

勝手に、口が動いた。

「ほんと⁉　良かった……！　大学での安寧が保たれた！　ありがとうみずほ！」

笑顔で手を握られる。

心臓の鼓動が、止まらない。

ダメなのに。

こんなこと、絶対にダメなのに。

今の将人《まさと》を見て私すごくドキドキしてる。

自分のものじゃないみたいに動く心臓の鼓動が、うるさかった。

変化を望む彼女達

文学少女JKは写真を撮りたい

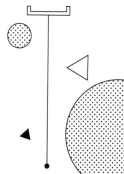

Danjohi 1:5
no sekai demo futsu
ni ikirareru to
omotta?

「そろそろ私と王子様の関係性は、第二段階に進むべきだと思うの」

私の声が、教室内によく響いた。

今は4時間目の授業を終えて、お昼休み。

各々《おのおの》が好き勝手に机を動かして、グループに分かれてお昼ご飯タイムといったところか。

少し前までは私は自分の机で1人弁当を貪っていたのだけれど、最近は仲良いメンツが自然と私の周りに集まってくるようになった。

これも、嬉《うれ》しい変化の一つだなと思う。

……だけど。

「でさー。昨日のドラマ見た？」

「あ～えんのすけ様を見るためだけに見たわ。相変わらずイケメン過ぎた」

「あのぅお～～～～」

　こいつら話聞いてねえ！

　どうなってんだ！

「……なに？」

「なにじゃないが?? 声高に宣言したはずだが？？？」

　聞こえないのかな？　おまいらだけに耳かきＡＳＭＲ開催してやろうか？

「はあ……また汐里《しおり》の妄想の話？」

「妄想王子様（笑）」

　嘲笑《あざわら》うようにそう言い放ったのは、一番ボーイッシュな短髪の初美《はつみ》。

　こやつは将人《まさと》様のことを未《いま》だに信じていない。

　敗北者が!!　受け入れろ現実を!!

　ま、仕方ないか。悔しいんだよね。わかるわかる。

　私は初美《はつみ》を慈愛の眼差《まなざ》しで見つめながら、肩をポンポンと叩《たた》いてやった。

「悔しい気持ちはわかるよ？　けどさ、受け入れよ？」

「私は汐里《しおり》がツーショットの写真を撮って来るまで信じないって決めてるから」

「ぐっ……」

これは実は前から言われていること。

信じて欲しいなら証拠を持ってこい、と。

でも別にツーショットじゃなくていいよねえ⁉

「でもあの汐里《しおり》がわざわざ服装まで聞いてきてさ、今もまさに清楚《せいそ》（笑）を気取るために髪を下ろして純白のセーターまで着てるわけじゃん？」

「中身不純なことでいっぱいなのにな」

「おいそこ余計だゾ」

どう見ても純白が相応《ふさわ》しい清楚《せいそ》純潔やろがい！

「それにイマドキＪＫ（笑）を装《よそお》ったＳＮＳ戦略までやってるわけだしさ」

「あれマジで草だったわ。流石《さすが》にキモすぎ」

「お前秋なんて冬眠の準備してるだけだろ」

「シバいたろかマジで」

熊かなにかと勘違いしてませんこと〜⁇⁇

「だからまあ、いるはいるんじゃない？　汐里《しおり》が言うような完璧超人かどうかはおいておいて」

淡々と語るのは、私達の中でも唯一の彼氏持ち、三秋《みあき》だ。

サッカー部の男とくっついてる。許せん。

「文化祭とか連れてきて欲しいよね、そこまで言うならさ」

「あ～確かに」

文化祭……文化祭か。

去年は全く楽しかった覚えがないけれど、確かに友人が少しできたわけだし、楽しめるかもしれない。

でも将人《まさと》様を呼んだら……。

『汐里《しおり》の王子様ちっすちっす！　こいつ全然清楚《せいそ》じゃないっすよｗｗｗ』

『こいつポスターにちゅきちゅきとか言って愛を囁《ささや》いちゃうタイプの文学少女（笑）なんで』

『あ、いっそのこと私の家庭教師になってくれませんか？』

あ～キレそ～。

ダメだ。こいつらに紹介してろくなことになる気がしない。

それはそれとして、将人《まさと》様に学校行事に来てもらうのはアリだなとも思う。

将人《まさと》様と学校を歩く……なんて優越感。

やはりなんとかこいつらにバレずに招待するしかないか……。

「まあ、汐里《しおり》のチキンハートじゃツーショット写真なんて夢のまた夢か」

「そ、そこまで言うなら写真撮ってきたりますわ！　超絶イケメンだから、マジで」

「お、楽しみ～」

「ここまで言ったんだからできませんでした、は無しだからな〜」

こ、こいつら……目線はスマホにやったままあからさまに期待してませんと言いたげなテキトーな物言い……わからせてやらないとダメみたいだな……どちらが上なのかということを……！

まあ、将人様《まさと》と私の心の距離を考えれば、写真を撮るなんてこと造作もない。ハッキリ言って余裕だ。

来週頭には、こやつらが悔しがる姿が目に浮かぶ。

さっそく今週末決行だ！


……なんて思ってる時期が私にもありました。

「汐里《しおり》ちゃん？　どしたの？　さっきっから挙動不審だけど……」

「い、いえいえいえいえいえいえ！　なんでもありませんよ！」

もう時刻は18時前。

本日の将人《まさと》さんの授業も終わりを迎えようとしている。

ここまで、写真撮れて無し。

それどころか、度々スマートフォンを出しては自分の顔を確認するヤバイ奴《やつ》になってしまっている。

以前……将人《まさと》様をスカウトから助けてからというもの、清楚《せいそ》を演じるのが若干辛《つら》くなってきてしまった。

何故《なぜ》か……理由はわかっている。

絶対にそんなこと許されないのに、素で話してみたいと思う自分がいるから。

でも、ダメだ。この仮面を脱いだら、きっともう将人《まさと》様は来てくれない。

ただのどこにでもいる女子高生なんぞに、将人《まさと》様は相応《ふさわ》しくない。

それに今だって、自分じゃないからこそ、将人《まさと》様と平気で話していられるんだから。

……でも、じゃあ私は将人《まさと》様とどうなりたいんだろう。

付き合いたい？　そりゃそうだ。付き合えて色々なことかっこ意味深ができたらそんなに素晴らしいことはない。

でも……だとしたらいつまでこの仮面をつけていればいいのだろう。

仮に付き合えたとして、好きになってもらえたのは私であって私ではない。素を一生隠したまま、付き合っていくことになるのだろうか。

「よし、今日はここまでにしよっか！　だいぶ頑張ったしね！」

「え……あ、でもあと少し残って……」

「ここは宿題にしちゃおう！　疲れてきた時に無理してやっても仕方ないしね」

やばば……ちょっと手が止まってたのを見て、将人《まさと》様は私を気遣ってくれたのだろう。あなたと付き合った時のことを妄想して手が止まってました、なんて言えるはずもなく。

本当にどこまでも優しくて……気遣いのできる人だ。

だからやっぱり……やっぱりこのチャンスを棒に振りたくない。

そんな風に想《おも》いながら私と将人《まさと》様は勉強道具を片付けて、将人《まさと》様を家の玄関まで送るべく階段を下りた。

「次は模試だね。頑張ってよ？」

「も、もちろんです。自信ありますから！」

これは本当。将人《まさと》様は教え方も上手《うま》くて……勉強の内容もすんなり頭に入ってくる。

「じゃあ、俺はこれで帰るから、お疲れ様！」

「……今日もありがとうございました。ではまた……あっ！」

ゆっくりと優雅にお辞儀をしたその瞬間、私は気付く。

まずい！　写真！

あれだけ友人に大口をたたいてしまったのに、まだ写真を撮っていない！

さっきチャンスがあったんだけれど、私はヘタレだから言えなかったのだ。

「……どしたの？」

「あのー……えっと……」

ダイレクトに写真撮ってください！　なんて言えない。仮面は被《かぶ》っていても、私の正体は所詮村人B。大それたことは言えないのだ。

く、くそ〜なんて言えばいいんだ。

この前最高のボイスメッセージをもらった時は文面だったからなんとかなったものの……。

面と向かっては恥ずかしいよ！

スマホを持った手を、ふらふらさせる。

あはは〜、とか意味わからない言葉しか出てこない。

一体なんて言えば……。

「ねえ、汐里《しおり》ちゃん」

「ほぇ？」

今まさに帰ろうとドアノブに手をかけていた将人《まさと》様が、こっちに戻ってくる。

ちょ、ちょっとご尊顔が近うございますことよ……。

「写真、撮らない？」

「え……？」

「いや、俺の保護者みたいな人からさ、教えてるのどんな子なの、って聞かれててさ、もしよかったら一緒に写真撮ってくれないかな」

「……え、ええ是非！　大丈夫ですよ！」

「ん……良かった」

え、えええ⁉ そ、そんな奇跡あります⁇

よ、よかったあ。なんとかミッションクリアできそうだ。この機会をくれた神に感謝。

将人《まさと》様がスマホを取り出した。

「じゃあ撮るから、こっち来て」

「はい……ってえ⁉」

言われて、将人《まさと》様のいる方向に近づく。

すると、将人《まさと》様が私の肩に手を回して、ひょこっと私の顔の横に自らの顔を出した。

ちちちちちちちちちちちちかちかちかちかちかちかちかっとちかちか‼

「はい、撮るよ〜はい、チーズ」

「あっ……！」

「はい、ありがと！　念のため汐里《しおり》ちゃんにも送っとくね。じゃ、また来週！」

バタン、と。

扉を閉めて、将人《まさと》様が出ていく。

「〜〜〜〜〜〜っ！！！」

いつもそう。

あの人は、すぐに私がしてほしいことをして、颯爽《さっそう》と帰っていく。

まるで、物語の王子様のように。

主導権は、いつだってあっちだ。
将人《まさと》様がいなくなった玄関。
ドキドキと心臓の音がまだ続いていて。
顔の表面も絶対に熱くて。
なんか――悔しくて。
すぅ、と息を吸い込んだ。
「いつか絶対押し倒してやるからなあああ！！！！！」
意味の分からない意志表明を、するしかなかった。

文学少女ＪＫの隠し事 ●○●

今日は土曜日。いつものように汐里《しおり》ちゃんの家庭教師に向かうべく、俺は昼過ぎのこの時間帯に、電車に乗っていた。

汐里《しおり》ちゃんにそろそろ着く旨《むね》を伝えつつ、ついでにＳＮＳで他の人にも連絡を返しておく。

その時ふと、みずほの名前が目に入って、この前のみずほとボーイズバーでバッタリ会ってしまった時のことを思い出した。

流石《さすが》に焦《あせ》ったけれど、みずほが内緒にしておいてくれると言ってくれて助かった。大学生活の安寧は保たれた……。なんかボーイズバーで働いてるヤバイ奴《やつ》って噂《うわさ》がたってしまったら、碌《ろく》なことにならない気がするしね……。

それにしても、みずほの運命の人は誰なんだろう？　うちで働いている人で、オールバックなんていない気がするんだけど……。できれば協力してあげたいが、如何《いかん》せん情報が少ない。あまり他のボーイのプライベートに触れる機会もないし、あの人達基本めっちゃ若作り上手《うま》いから、何歳なのかわからないんだよなあ……。

そのまま電車で10分ほど揺られれば、汐里《しおり》ちゃんの家の最寄り駅に到着。電車を出て空を見上げれば、雲一つない青空が広がっている。もう夏の入り口。日差しがじりじりと肌を焼いていた。

女子高生の家庭教師を担当してくれと言われた時は、正直どうなることやらと思っていたけれど、今の所なんの問題もなく進行している。

汐里《しおり》ちゃんの学力は順調に上がっているし、関係も良好。汐里《しおり》ちゃんの家に家庭教師に行くのも、もう10回を超えたと思うと感慨深い。

最寄り駅から汐里《しおり》ちゃんの家に向かいがてら、頭の中で今日やることをチェック。

宿題の確認、答え合わせして……学校のテストが返ってきたって言ってたはずだから、その復習もやりたいな。

考えながら歩いていると、この前モデルのスカウト？　に絡《から》まれた場所を通りがかる。そういえば、あの時の汐里《しおり》ちゃん、面白かったな。

『お、おうおう随分威勢がいいじゃあねえか。そこにおわすお方をどなたと心得る』

「……っくく」

失礼ではあると思うんだけど、今思い出してみても、つい笑ってしまう。普段あんなにも大人しい子が、必死に俺を助けるためとはいえ、意味わからんキャラ作って頑張ってくれたんだから。その気持ちは嬉《うれ》しかったし、あの一件は結果的に汐里《しおり》ちゃんとの信頼関係が少し進んだ気もする。

思い出し笑いをなんとか堪えて……でも、と少し考えてみる。

あの時彼女自身にも伝えたが、なんとなく、彼女との間には壁を感じなくもない。壁、というか、なにか隠し事をしているような……そりゃもちろん人間である以上、隠したいことの一つや二つ、あったってなにもおかしくない。けれど、汐里《しおり》ちゃんのはなんというか……もっと本質的な、本当の彼女を見せてくれていないような気もする。

男女比がおかしくなっているこの世界のことだ。俺という異性を迎えるにあたって、少しでも良《い》い自分でいたい、と過剰に思ってくれているのかもしれない。

そんなことを考えていたら、汐里《しおり》ちゃんの家の前に着いた。

「ま、そんな焦《あせ》るようなことでもないか」

助けてもらった時、色んな顔を見てみたいと伝えたら「考えておく」と言ってもらったわけだし。気長に待つとしようかな。そんなに焦《あせ》って距離を詰める必要もない。

少しずつ、家庭教師として信頼してもらうことができたら良《い》い。少なくとも、受験が終わるまでは受け持つつもりだし。

そんなわけで、今日も今日とて自分のやることを全うするべく、立派なおうちのインターホンを押すことにした。

「こんにちは、将人様《まさと》。本日もよろしくお願い致します」

「こんにちは汐里《しおり》ちゃん。今日もよろしくね～」

汐里《しおり》ちゃんの部屋にお邪魔すると、彼女はいつものお嬢様モードで俺を出迎えてくれた。

「結構暑くなってきたね。駅からここまで歩いてくるだけでも汗かいちゃったよ」

「もう夏ですもんね。良かったら、タオルお貸ししましょうか？」

「いや、ボディシートでさっき拭いたから大丈夫だよ。ありがとうね」

年頃の女の子を相手にするのに、この辺のケアアイテムは必須だね。忌避感を持たれたら終わりだし……。俺の生活を支えているこの家庭教師を、クビになるわけにはいかないのだ！

「そうですか……あ、もしよろしければ、シャワーも貸せますので、いつでもお申し付けください
ね？」

「うん……？　ありがとう、でも大丈夫だよ？」

「そうですか？　全然遠慮なさらないでくださいね？　家庭教師が終わった後でも平気ですよ？　あ、うちのお風呂《ふろ》結構広いんです。将人様《まさと》でも足を伸ばせるくらいには広いんです」

「そ、そうなんだ。じゃあ今度機会があればお願いしようかな……？」

え、なんか凄《すご》いお風呂《ふろ》ゴリ押ししてくるんだけどなんで？

「凄《すご》い！　全教科前回のテストよりも点数上がってるじゃん！」

「はい。これも将人《まさと》様のご指導が良かったから故ですね。ありがとうございます」

「いやいや！　シンプルに汐里《しおり》ちゃんが頑張ったからだよ！」

宿題のチェックが終わり、俺は汐里《しおり》ちゃんのテストを確認していた。前回のテストの点数を知っているからこそ、こうして点数が上がっているのを見るのは嬉《うれ》しい。汐里《しおり》ちゃんは俺のおかげと言うが、週1回だけですぐ上がるとは考えにくいので、この結果は平日も彼女が頑張っている証拠だろう。

「いやー嬉《うれ》しいね。この調子で成績も上がったら推薦も狙えるかもしれないし、頑張ろうね」

「はい、これからもご指導ご鞭撻《べんたつ》のほどよろしくお願い致します」

恭《うやうや》しく頭《こうべ》を垂れる汐里《しおり》ちゃん。所作も丁寧で凄《すご》いお淑《しと》やかさだ……こっちが気圧《けお》されてしまうよ。

それにしても嬉《うれ》しいな。あ、そうだ。

「これだけテストの結果が良かったわけだし、なにかご褒美《ほうび》をあげたいけど……」

「……⁉」

やっぱり、頑張ったからにはなにかしらの対価があった方が良《い》いと思うんだよね。

モチベーションって大事だと思うし……駅前でなんか甘いものでも買って来ればよかったか

な？

「汐里《しおり》ちゃんは、何が良《い》いとかある？」

「!?　な、なにが良《い》い、ですか……？　えっと、その……どこまでなら良《い》いんでしょうか……？」

？　どこまで？　あ、値段を気にしてるのかな？　そんなの気にしなくて良《い》いのに。一応家庭教師と、バーで大学生のバイトとは思えないくらいの額はもらってる。もちろん、奨学金返済という目標はあるけれど、日々の無駄遣いもしていないし、今の所余裕はある。この前由佳《ゆか》にもバッシュ買ってあげたくらいだしね。

だから、そうだな。

「気にしないで。なんでも良《い》いよ？」

「な、なんでも!?」

うわあびっくりした。すごい声出るじゃん汐里《しおり》ちゃん。ついでにさっきまで座っていた椅子から立ち上がっている。

そ、そんなに欲しいものがあるのか……？

「い、いまなんでもって言いましたよね……？」

「う、うん好きなようにしてくれて良《い》いけど……」

「す、好きなようにして良《い》い……!?」

みるみる内に汐里《しおり》ちゃんの顔が赤く染まっていく。え、なんだろう。そんなに好きな食べ物を言うのが恥ずかしいのかな……。

なにやら息が荒くなってきた汐里《しおり》ちゃん。え、どうしたんだろ。

「す、少しお花を摘んできますね！」

「え、あ、はい」

すごい勢いで、汐里《しおり》ちゃんがお手洗いに行った。

……え？　何かまずいこと言っちゃったかな？　もしかして、ご褒美《ほうび》とかいらないスーパーストイックタイプだったとか？

何か失礼な事を言ってしまったなら謝らないとだけど……よく分からずとりあえず謝るっていうのはあまり良くないって聞いたことがあるような……。

ひとまず、机の上に置いてある麦茶を飲むことにした。

うん、よく冷えていて美味《おい》しい。

仕方ないので、改めてテストの答案用紙を見る。うんうん、よくできてるなあ……。

……しばらく経《た》って。ふと時計を見た。汐里《しおり》ちゃんがお手洗いに向かってから、10分ほど経過している。

……え、あまりにも遅すぎない？　大丈夫？

「じゃあ、今度来るときまでに考えておいてね？」

「は、はい、わかりました。何か甘い物、そうですね。お菓子は好きですし……」

しばらく経《た》って戻って来た汐里《しおり》ちゃんに、甘い物とか嫌い？　と聞くとすごく疲れたように
「好きですね……」と言われたので安心した。でもなんであんな疲れてたんだろ？

「あ、それで良かったら、なんですけど……」

「ん？」

そろそろ勉強に戻ろうかというところで、汐里《しおり》ちゃんが声をかけてくる。

「あ、あのしゃ、しゃ……」

「しゃ……？」

消え入るような声で、何かを言いかけている汐里《しおり》ちゃん。なんだろう？　こういうのは、ゆっくり待ってあげるのが良さそうだ。

「しゃ……社会を、やりたくてですね！」

「社会？　あー、確かに。今回、日本史はもうちょっと取れそうだったもんね？」

「そうですそうです。是非復習したくてですね……」

ふむ。全然かまわないけれど……。

ふふふ、と笑う汐里《しおり》ちゃんを見る。

なんとなく、汐里《しおり》ちゃんが本当に言いたかったことは、それじゃなかったような気がしてし

まうのだった。

「次は模試だね。頑張ってよ？」

「も、もちろんです。自信ありますから！」

その日の授業も終わり、時刻は18時過ぎ。少し汐里《しおり》ちゃんの集中力が切れかかってることもあって、今日は早めに切り上げた。きっとテスト終わりで、疲れているんだろう。

「じゃあ、俺はこれで帰るから、お疲れ様！」

「……今日もありがとうございました。ではまた……あっ！」

扉を出て、帰ろうとしたそのタイミングで、汐里《しおり》ちゃんが何かを思い出したように声を上げた。……？　なんだろ。

「……どしたの？」

「あのー……えっと……」

汐里《しおり》ちゃんはポケットから出したスマホを持ちながら、手をフラフラとさせている。……その時、俺はようやく推しはかることができた。

汐里《しおり》ちゃんが、あの時に、提案をしようとしていたことを。

それじゃ、どうしようかな。

「ねえ、汐里《しおり》ちゃん」

「ほぇ？」

きっとこういうのは、女の子からは言いだしにくいと思うから。

「写真、撮らない？」

「え……？」

「いや、俺の保護者みたいな人から、教えてるのどんな子なの、って聞かれててさ。もしよかったら一緒に写真撮ってくれないかな」

「……え、ええ是非！　大丈夫ですよ！」

「ん……良かった」

ポケットからスマホを取り出す。……あ、でも気の利《き》いた自撮りアプリとか持ってないや。

まあ、普通のカメラで良《い》いのかな……？　あれ、もしかして俺これ、デリカシーない!?　いやでも、もう仕方ないか。これは許してもらおう。

「……じゃあ撮るから、こっち来て」

「はい……ってえ!?」

画角的に撮りやすいように、汐里《しおり》ちゃんと肩を密着させる。自撮りってあんまりやったことないからわかんないな……。

「撮るよ～はい、チーズ」

「あっ……！」

写真を撮る瞬間、汐里《しおり》ちゃんの髪から、僅かにシャンプーの香りがした。女の子と写真を撮るって、なかなか恥ずかしいね。

「はい、ありがと！　念のため汐里《しおり》ちゃんにも送っとくね。じゃ、また来週！」

そんな恥ずかしさを誤魔化すように、俺は汐里《しおり》ちゃんの家を後にした。最後に見た彼女の表情は、驚いたまま固まっていたようにも見えた。

慣れないことはするもんじゃないけど……まあ、ちょっとでも信頼してもらえたなら、嬉《うれ》しいな。

帰りの電車にて。

汐里《しおり》ちゃんに先ほど撮った写真を送って、スマホを閉じる。車窓から外を覗《のぞ》けば、もう夕陽《ゆうひ》が沈みかけていた。

少しは、汐里《しおり》ちゃんとの距離を縮めることはできただろうか。

できれば、心を開いて、もう少し緊張せずに、話して欲しいような気がするけど……。なんとなく、そっちの方が汐里《しおり》ちゃんも楽なんじゃないかな、なんて思うのだ。

大きく、伸びをする。

もう一度、さっき撮ったツーショットを見る。いきなりのことに驚いていたのか、汐里《しおり》ちゃんの表情はいつもよりぎこちない。

……よく考えると、ツーショットを撮るって結構距離近いし、セクハラにあたるのか……？

あ、でも男の方が少ない世界なら、平気……なのかな？

「まあ、なんとかなる、か」

俺は考えを放棄して、目を閉じる。昨日は夜中までバーのバイトだったこともあり、少し疲れている。ちょっとの時間ではあるが、休もう。

俺はこの時、全く気付いていなかったのだ。

今まで繰り返してきた、これらの言動が。

どれだけ自分の首を絞めることになるのか、ということを。

篠宮汐里の場合２

く 聖女の集い(4)

既読3
19:05

写真撮ってきちゃった☆
既読3 19:05

いや～! ごめんごめん!
こんなカッコ良い人家庭教師でめんごめんご☆
既読3 19:05

君たちが泣いて謝っても紹介はしてあげないゾ☆
既読3 19:05

うわ、マジじゃん。ってか距離近。エロ
既読3 19:10

絶対ヤれるやんこの距離
既読3 19:10

うわマジかよ……って思ったけど
既読3 19:16

汐里の顔きっしょwwwwwwwww
既読3 19:16

wwwwww顔どうした汐里wwwww
既読3 19:18

デュフフって言いそうな顔してんぞwwwww
既読3 19:18

良くこれ送れたなwwwww
君の顔のとこだけ塗りつぶしていい?
既読3 19:19

マジじゃんwwwイケメンに目行ってて見てなかったわwww
既読3 19:21

清楚(笑)やなこの顔は。ただのエロガキじゃん
既読3 19:21

諦めろ汐里wwww
このイケメンと汐里じゃ流石にキツイwwww
既読3 19:22

ひぃwwwwwwお腹痛いwwwww
既読3 19:23

──《篠宮汐里》がグループを退会しました──

Aa

●幼馴染系JDは気付く●○●

夢の中で、ああ、これは夢だなって認識できる時がある。
『バイバイ！　明日も一緒にキャッチボールしようね!!』
『うん！　また明日!!』
幼い頃の記憶。
未《いま》だにこうして夢に見る。
『恋海《こうみ》、もうあそこに行くのはやめなさい』
『どうして？　とってもいい子だよ？　楽しくて、優しい子なんだよ？』
『……悪いことは言わないから、やめなさい』
『なんで!?　やだ！　絶対やだ!!　ママのバカ!!』
会うのが楽しみで、毎日のように近所の公園に行っていた。
来る日も、来る日も。
『今日は、何時に来るかな。そろそろ、来るころだとおもうんだけどなぁ』
けれど、ある日を境に。
『まだ、来ないのかな、風邪かな……』

『うん、今日はきっとなにかあったんだね。また来るね』

『……今日も、来ないのかなあ』

彼は、こなくなった。

『雨、降ってきた……』

冷たく降りしきる雨の中。

私の頬を伝って何かが落ちた。

それは雨で、流れ落ちていく。

『……ねえ、――どうして、来なくなっちゃったの……？』


「っ……！」

目が、覚めた。

枕元のスマートフォンを手に取れば、時刻は3時過ぎ。まだ夜中だ。

「夢……か」

ぐしゃぐしゃと、頭を掻《か》く。

何故《なぜ》か最近、よく昔の夢を見る。

本当に、本当に幼かった頃の記憶。

近くの公園で、キャッチボールをしていた相手のことをよく思い出す。

一緒に遊んでいたのは1年ほどで……そして彼は唐突にいなくなった。

とても、寂しかった。

未練なのかなんなのか、私は結局高校までソフトをやめなかった。

我ながらバカだなあと思う。そんなことをしていても、彼が戻ってくることなんて、ありはしないのに。

将人《まさと》に出会ってからは、流石《さすが》にもう思い出すことも無いと思っていたのに、幼い頃の感情を伴った記憶というものは、意外にも頭に残るらしい。

「名前も覚えてないけど……元気かな……」

彼が、元気でいてくれればそれでいい。

そんなことを思いながら、私は再び眠りについた。

大学の夏休みは長い。

8月は丸々休みになることが多いし、更には9月も後半まで休みなんて相当な長さだと思う。

私達はそんな長い大学生の夏休みというものに入ろうとしているのだけど。

「みずほ。夏休みに将人《まさと》と遊ぶ約束をしたいの」

大学の敷地内に設置されたカフェ。そのテラス席でアイスカフェラテをストローで可愛《かわい》らしく飲んでいる親友に私はそう告げた。

なんとその夏休みを目の前にして、まだ将人《まさと》と遊ぶ約束ができてない！

これは由々《ゆゆ》しき事態！

「うん、すれば、いいんじゃないかな……？」

「そんな簡単に言わないでよ⁉」

なんか最近、みずほの態度がよそよそしい。

あんなに笑顔で元気いっぱいが取り柄のみずほなのに……。なんかあったの？　と聞いても悲しそうな笑みで首を横に振るだけ。

みずほとの付き合いはそこそこ長いんだけど、こんなのは初めてだ。

「なにして遊びたいの？」

「なにして……そうだなあ……」

頬杖《ほおづえ》をつく。

頼んだキャラメルラテは、もう氷が溶けて薄くなった液体だけが下に固まっている。

「せっかくの夏休みなんだし、海とか行きたくない？」

「海！　いいねえ。私も大好きだよ海」

お、ちょっと元気そうにしてくれた。

電車で1時間半くらいかければ海には行くことができるし、悪くないと思う。

それに……。

私はちょっと身体《からだ》をみずほの方に寄せて、小声でこう言った。

「日帰りじゃなくても……いいよね？」

「え⁉」

「いやだって、私達大学生だよ？　別に泊まりで遊びに行っても、変じゃないよね？」

我ながら、悪くない案だと思う。

遠出をすることを言い訳に、泊まりで遊びに行く……。

旅館では、夏の夜に年の若い男女が２人……何も起こらないはずもなく……。

「そ、それはよくないと思う‼」

「ええ⁉　なんでよ！」

私が妄想に耽《ふけ》っていると、みずほから反対の声。

顔を赤くしてるところを見るに、みずほも同じようなことを考えていたのだろう。

「だ、だってまだ付き合ってないんでしょ？　つ、付き合ってないのにそういうことから始まるのは、私は、私は良くないと思います！」

「よくいうよ！　入学直後はみずほだってヤルことヤっちまいますか！　みたいなノリだったくせに！」

「そ、それは気が逸《はや》っていたといいますかなんといいますか……」

言葉に詰まったみずほが、再びカフェラテのストローに口をつけた。

でも確かに、いきなり２人で泊まりがけで海に行こうなんて言ったら、流石《さすが》の将人《まさと》といえども警戒して断られちゃうかも……？

　うーん、そしたら、そうだなあ……。

「じゃあみずほも一緒に行こうよ」

「うぇっ!?」

　ぱっ、とストローから口を離して、みずほが驚いた。心なしツインテールも一緒にはねたような気がする。

　相変わらず反応が可愛《かわい》らしい。

「2人きりでって言ったら断られそうだし……みずほもいるって言えば将人《まさと》も安心しそうじゃん？　2人も結構打ち解けたみたいだし」

「え、いや……それは……」

　我ながら名案かもしれない。みずほにはちょっと悪いけど、夜のロマンチックなタイミングで2人きりの時間作ってもらったりとかして……。

「みずほも夢って言ってたじゃん。男の子と一緒に海とか遊びに行くの」

「それは……そうだけど……」

「よし！　そうと決まれば早速、今日将人《まさと》に提案してみる！　善は急げって言うしね！」

「え、ちょ、恋海《こうみ》本気？」

「本気も本気よ！　みずほもちゃんと水着用意しときなよ？」

「……ま、マジですか……」

みずほとも遊べるし、将人《まさと》との関係も進められるし、一石二鳥！

あとは将人《まさと》が承諾してくれるかどうかだね！


「ってことで、将人《まさと》海行こう！」

「いやどういうことなのか全然わからないが⁉」

早速大学に来た将人《まさと》を海に誘う。

説明を求めて私の隣にいるみずほに将人《まさと》が視線をやるけど、みずほも苦笑いしているだけ。

「泊まりで海行こうよ！　大学生の夏休みっぽくない？」

「海かあ……確かに楽しそうだけど……泊まり、泊まりかあ……」

うっ。流石《さすが》に将人《まさと》でもそこは気になるか……そりゃそうだよね。ちょっとだけなんの警戒もなく承諾してくれることを期待したけど、そうはいかないか。

でもこっちにはまだ手が残されている！

「大丈夫！　みずほも一緒に来るから！」

「それ大丈夫な理由になってるかな⁉」

「あはは……」

申し訳なさそうに笑うみずほ。

断られたら仕方ない、そしたら日帰りとか、他の場所を提案するまで！

私はくじけないぞ〜！

将人《まさと》はちょっと顎に手をやって考えた後……。

「いいよ。でも部屋は流石《さすが》に別々にしてよ？」

「やったー！　もちろんもちろん！　よーし！　じゃあ日程決めちゃおう！」

よし!!　多分私１人だと断られてたっぽいし、ナイスだみずほ！

「みずほも一緒に決めよ！　楽しみだね！」

「そ、そうだね……」

今から楽しみで仕方ない。

今年は楽しい夏休みになりそうだなあ！


その日の帰り。

みずほは予定があるとかで足早に帰っていって、久しぶりに将人《まさと》と2人で駅まで歩いている。

丁度良《い》いし、最近みずほの様子が変なことを将人《まさと》に相談してみようかな。

「最近みずほがよそよそしくて……将人《まさと》は、何か知らない？」

隣を歩いていた将人《まさと》は少し上を向いて考えた後。

「え……あー……それは、恋海《こうみ》に対してよそよそしい感じってことでいいんだよね？」

「うん、そうなんだよね～。何か聞いても、なんでもないしか言わないし……」

あの元気はつらつって感じのみずほがよそよそしいと、こっちまでむずむずする。なにか困っていることがあるなら相談に乗ってあげたいんだけど……。

「……ごめん、俺のせいかもしれない」

「え⁉　なんで？」

「あーいや……これは悪いことしたかも。俺からみずほに謝っとくよ」

私によそよそしいのが将人《まさと》に理由がある……？

き、気になる……。

「ち、ちなみにどんな理由かお聞きしても……？」

「んーちょっと詳しくは言えないんだけど、たまたま俺が秘密にしていることをみずほに知られちゃって、それを誰にも言わないで欲しいって言ったのが重荷になっちゃってるのかも？」

「えぇ……」

「考えすぎかもしれないけど、可能性はあるし俺の方から聞いてみるよ」

みずほだけが、将人《まさと》の秘密を知ってるってこと？

ちょっとだけ、胸に痛みが走った。

私には、言えないことなのだろうか。

急に、心が寂しくなって。

「そ、れは……私には、言えないの？」

つい、言葉がついて出た。

駅に向かって歩いていた、足が止まる。

トートバックを握る手に、力が入った。

私が立ち止まったことに気付いた将人《まさと》が、困ったような笑みを見せた。

「なんて言うんだろ……これを言うとさ、嫌われるかもな～って感じだから」

「嫌いになんてならないよ！」

「……恋海《こうみ》？」

「嫌いになんて……幻滅なんて、しないよ……そうやって遠ざけられる方が、辛《つら》い、よ……」

どんなことを言われたって、将人《まさと》に対して幻滅なんてしない。

私のこの感情は、そんなに安いものじゃない。

驚いたり、傷つくことはあるかもしれない。

わかんないけど。

けど、それによって将人《まさと》を嫌いになるとか、そういうことは絶対ないって、言い切れる。

ぽんぽん、と頭を軽く撫《な》でられた。

「ありがと……恋海《こうみ》。そうだな、じゃあ聞いてくれる？」

「うん……もちろん」

ちょっとだけ、怖くもある。

どうしよう、もし彼女がいるとかだったら……。

あれだけ嫌いになんてならないとか言っておいて、ひどい反応をするわけにはいかない。

私は心の中で覚悟を決めた。

「実はさ……俺バイトしてるって言ったじゃん？」

「うん。家庭教師の」

「いや……もう一個かけもちしてて」

知らなかった。確かに平日もバイトしてるんだなって思ったことはあったけど。

将人《まさと》は言いにくそうに、言葉を続けた。

「俺さ、ボーイズバーで働いてるんだよね」

ストン、と、その事実は胸に落ちてきた。

確かに、驚きはある。けど、将人《まさと》ならできてしまうかもという妙な納得もある。

そんなことをやっていて、変な女の人につきまとわれてないか心配にはなるけれど。

彼女がいるんだとか言われたらどうしようと思っていたのもあって、案外私は、その瞬間にはショックはそんなに受けなかった。

――けれど、次の瞬間。

そんなことどうでも良くなるくらい。

私の脳裏に衝撃が走った。

頭を巡ったのは、あの元気いっぱいな親友との会話。

『とっても優しかったんだよ!?　あんな男の人いるんだって、すっごい嬉《うれ》しかったの！』

『私の運命の人が働いている場所がわかったの！　なんとね、その人はボーイズバーのボーイさんだったんだよ！』

『あれが演技や嘘《うそ》だったなんて、思えないんだよなあ……』

それは、一つの可能性。

将人《まさと》みたいな人がいるんだな、とあの時は思った。

けどそれは、違うのかもしれない。

でも紹介した時は、そんな反応してなかった。

もしかしたら2人は気付いてない？　そんなことってあるの？

違うと、思いたい。

そんなはずないって、思いたい。

けど、直感はこう言っている。

みずほの運命の人は、将人《まさと》なんじゃないか？　と。

心臓を強く、摑《つか》まれたような気がした。

普通に生きられると思った？

バスケ部ＪＣは試合に出る

Danjohi 1:5 no sekai demo futsu ni ikirareru to omotta?

日曜日。

朝からお日様の下に出て、小鳥のさえずりを聞くのは、一体いつぶりだろうか。

「ふわぁ……」

寝ぼけまなこをこする。

現在時刻はなんと朝7時。

こんな時間に起きたのは、きっと高校生ぶりだろう。

少なくともこの世界に来てからはこんな時間に起きたことは無い。大学に入ってから、俺の生活習慣は乱れに乱れている。

ぐーっと上に伸びをして、大きく息を吐いた。

空気は乾いていて大変気持ちがいい。公園の新緑が、身体中《からだじゅう》をめぐっていくような気分になるね！


目的地に着いて、俺は荷物を置いた。

なんか見慣れない作業服を着た人たちが数人いるけれど、何をしているんだろう？　流石《さすが》に運動しに来たってわけでもなさそうだし。

「うーん……？　まあいいか、ひとまず準備運動、しとくかなあ……」

眠いし考えてもわからないので、先に軽く準備運動しとこ。屈伸運動をして、その後ジャンプ。

うん。身体《からだ》の動きは悪くない。

今日ここにきたのにはもちろん理由がある。

理由がなかったら俺の身体《からだ》はこんな時間に起きれるようになっていない。

「将人《まさと》兄さん！」

元気の良《い》い声がして後ろを振り向けば、もうすっかり見慣れた女の子が、紺のエナメルバックを背負って立っている。

「由佳《ゆか》、おはよう」

「はい！　おはようございます！」

朝から元気。笑顔が輝いている。

今日は由佳《ゆか》と朝練の約束をしていたのだ。

なんでもこのあと大会らしく、そのウォームアップに付き合ってくれないか、とのこと。

正直朝早すぎて起きれないかも……とあまりにも情けない連絡をしたら、朝6時にモーニングコールをしてくれた。

なんて気が利《き》くんだー（棒）

由佳《ゆか》のアップに付き合うことに異論はないし、むしろ付き合ってあげられるならそうしたいと思っていたから、良《い》いんだけどね。

「すみません！　こんな朝早くに来ていただいて……！」

「いいよいいよ。俺もたまには健康のために早起きしないとね……」

ぺこぺこと頭を下げながら、由佳《ゆか》も荷物を置いて準備運動を始めた。

大体1時間くらいを予定している。やりすぎてもこの後の大会に支障が出るし、本当にウォーミングアップ程度だ。

「どう、緊張してる？」

「うーん……あんまり、してないかもです。お兄さんより強いってことは無いでしょうから」

な、なんという度胸……。

俺はとんでもない怪物を生み出してしまったのかもしれない……。

心の中で対戦相手校に謝罪した。

「ふっ！」

「おっ、良《い》いフォーム」

由佳《ゆか》から放たれたボールが、スパッとリングに吸い込まれた。

綺麗《きれい》なシュートフォーム。中学生でここまでの動きをできる子が一体どれほどいるのか。

「よしっ、良《い》い感じ」

右手を開いたり閉じたりする由佳《ゆか》の表情は、真剣そのもの。

普段の可愛《かわい》らしい一面とのギャップも、この子の魅力だなあと思う。

公園に設置された時計を見た。

もうすぐ朝の8時になろうとしている。

「由佳《ゆか》！　終わろうか。やりすぎても良くないし、これくらいでちょうど良《い》いと思うよ！」

「……！　はい！　ありがとうございました！」

バスケに夢中で時間を気にしていなかったのか、由佳《ゆか》は時計を見て驚いていた。

本当にバスケバカなんだからもう。

由佳《ゆか》が水筒に入ったスポーツドリンクを飲んでから、ボール等を片付ける。

ちょっと表情が強張《こわば》っている気がするから、本人は意識していなくてもやっぱり緊張しているのかもしれない。

あ、そうだ。

「由佳《ゆか》、ちょっといい？」

「……？　なんでしょうか」

俺は自分の鞄《かばん》から、目的の物を取り出す。

手に取ったのは、俺が以前使っていた黒のリストバンド。

試合用に購入した物だけど……事情があってほとんど使えなかった物だ。

「いらなかったら断ってくれていいんだけどさ。これ、もしよかったら使って」

「！　い、いいんですか!?」

「もちろん。ほとんど使ってないから新しいよ。あー、でもこれ裏に俺のイニシャル入っちゃってるから、嫌だったら――」

「使います!!　そのまま!!　使わせて下さい!!」

お、おおうすごい食い気味に来たな。

リストバンドを由佳《ゆか》に手渡すと、すぐに彼女はそれを腕に嵌《は》めた。

宝物をもらったくらいのレベルで目を輝かせてる。

そ、そんな良《い》いものじゃないんだけど……。

「本番でいきなり使うと違和感あるかもだから、事前練習でつけてみて違和感あったら外してね。何も問題なければつけてもいいと思う」

「はい……！　ありがとうございます！　本当に、本当に大切にします……！」

あ、圧がすごい。

全然良《い》いものじゃないんだけどなあ……まあでも、喜んでもらえたなら悪い気はしない。

「今日、頑張ってきますね！」

弾《はじ》けるような由佳《ゆか》の笑顔は、やっぱり可愛《かわい》かった。

由佳《ゆか》がぶんぶんと手を振って大会に向かった後。

「さて……」

実は、由佳《ゆか》の出場する大会がどの学校で行われるかは調べがついている。

それに、一般人が観戦することが可能であることも。

「見に行くか～」

由佳《ゆか》の試合出てる姿、見てみたいし。

気分は完全に妹の試合を見に行く兄だった。妹なんかいたことないけど。

一旦家に帰って、シャワーを浴びる。

シャワーから出た瞬間に猛烈な眠気に襲われたけど、気合いでなんとかもちこたえた。

今寝たら確実に夕方まで寝てしまう。それだけは避けなければ……。

由佳《ゆか》が出る大会の会場は、自転車で行ける距離の学校だった。

交通費がかからないのはありがたいね。少し休んで遅い朝食をとった後、俺はもう一度外に出る。

ちょっとボロめの自転車に跨《また》がって、夏の炎天下もものともせず俺は勢いよく漕《こ》ぎ出した。

自転車で30分ほど。

目的地にたどりついた俺は、駐輪場に自転車を止めた。

ボールが地面を叩《たた》く普段の音に加えて、バスケの大会特有のブザーの音や、バスケットシューズのキュキュッという音が聞こえてくる。

入り口でスリッパを借りて、俺は観戦ができるようになっている2階へ向かった。

「おお～結構広いな……」

体育館は思っていたよりも広く、中央で分けられ2か所で試合が行われていた。

確か由佳《ゆか》の学校の名前は……。

「お、あっちだな」

時間も丁度良かったらしい。

アップが終わって、今まさに整列しているところだった。

由佳《ゆか》は身長も中学1年生にしては大きいので、整列してるところだけではどの選手かわからないかな……なんて思ったのだが。

それは杞憂《きゆう》だった。

「あいつ……」

髪型よりも、背番号よりも先に。

左腕につけた黒のリストバンドが、真っ先に目に飛び込んで来た。

ちゃんと違和感ないか確認したのだろうか。無理してつけなくても良《い》いのに……と思いながらも、つけてくれていること自体はちょっと嬉《うれ》しい。

しっかりと観戦できる位置まで来て……由佳《ゆか》の表情が見えた。

いつにも増して、真剣な表情。集中できていそうだね。

せっかく集中してるのに俺に気付いて変に緊張させたら悪いので、おそらく保護者の方とかがいる前方にはいかず、後方の席に座って試合を眺めることにした。

結果から言うと、やっぱり由佳《ゆか》は異常だった。

あの子上手すぎる。開始直後から点数取りまくって手が付けられなくて相手側がダブルチームしいてきたんだけど、由佳《ゆか》はパスワークも良《い》い。

味方も3年生の子達は上手だからフリーでボールをもらえればまあ、決める。

以前由佳《ゆか》をいじめてたのは2年生達で、3年生は良《い》い人ばかりなんですって言ってたし、チームワークもよさそうだ。

3年生の方も喜んで由佳《ゆか》にボールを託しているように見える。

どんどんと点差が開いていくのを見ながら、俺は戦慄していた。

もしかして……ウチの子強すぎ⁉

本当の兄でもないのに、由佳《ゆか》の活躍が、自分のことのように嬉《うれ》しかった。

由佳《ゆか》による蹂躙《じゆうりん》劇を気分よく見ていたら、前方にいた保護者の方……？　から声をかけられた。

「あ、あの〜……」

気弱そうな男性。

「？　なんでしょうか」

「ウチの中学の応援ですか？」

「あ〜まあ、そんな感じ、です」

「良かった！　それならどうぞ、前で観戦されていきませんか？」

さっきっから保護者の方々がちらちら俺の方を見ていたのはそういうことか。うーん。確かにここまで点差が開けばもうあんま関係ない……のか？

せっかくだし、もうちょっと近くでプレーを見たい気もする。

「じゃ、じゃあお言葉に甘えて……」

席を立って、前の方に移動。

ここからだと、試合の様子もよく見える。

「えっ！　かっこ良《い》い子～！　誰の応援ですか？」

「あらカッコ良《い》い！　誰かのお兄ちゃん？」

「こんなイケメンのお兄さんがいる子なんていたかしら⁉」

なんだなんだすごい絡《から》まれるぞ！

「由佳《ゆか》……前田由佳《まえだゆか》さんの……兄、みたいなものです」

「え～！　由佳《ゆか》ちゃんお兄さんいたの⁉」

「どうりで由佳《ゆか》ちゃんも可愛《かわい》いのね！」

お母さん方のものすごい食いつき加減に若干辟易《へきえき》しながら、俺は再びコートを見る。

後半に入って点差はもうかなりつきはじめている……けど由佳《ゆか》が手を緩めることはない。

相変わらず由佳《ゆか》にはダブルチーム。

それでも得意のクロスオーバーでディフェンスの間を作り、キレのあるドライブで突破。

ヘルプに来た相手のディフェンスを十分に引きつけてからパス……と思いきやこれがパスフェイク。

見事に引っかかったディフェンスの隙をついて、由佳《ゆか》のミドルジャンパー。

由佳《ゆか》が軽やかにジャンプした。

そこは、俺も好きな位置。そこの位置からのミドルの成功率が良くて、俺はよくそこからシュートを打っていた。

——どこか由佳《ゆか》に自分を重ねてしまう。由佳《ゆか》はもう、俺なんかよりずっと立派なプレイヤーなのに。

綺麗《きれい》なフォーム。外れるはずがない。俺は打った瞬間に入ることを確信した。

スパッという気持ちの良《い》い音と共にリングにボールが吸い込まれる瞬間。

驚いた表情の、由佳《ゆか》と目が合った。

ブザーが鳴って、相手チームのタイムアウト。ただ、いくらここから策を練ったところで、この差と残り時間は絶望的。

由佳《ゆか》のチームの勝ちは、揺るぎないだろう。

……ベンチに帰っていく由佳《ゆか》がすごいチラチラこっち見てる。

ひらひらと手を振っておいたが、やっぱり最初から見える位置にいなくてよかったなと思う。余計なプレッシャーになっちゃったかもしれないしね。

露骨にリストバンドのほうの手を見せてくる由佳《ゆか》が可愛《かわい》らしい。

——わかったわかった。大丈夫だよ。ちゃんと見てたから。

その後もう1試合を見終わって、俺は帰ることにした。

保護者の方々からめちゃくちゃダル絡《がら》みされたり、休憩中に押し寄せてきた以前由佳《ゆか》と一緒にバスケを教えた勢の元気いっぱいな質問攻めにあったこともあって、非常に疲れた。

女子中学生恐るべし。

2試合目も由佳《ゆか》は大活躍。

今日の試合を2つ勝ったことで、3年生の引退ものびたらしい。

3年生と一緒に喜ぶ由佳《ゆか》の姿が、眩《まぶ》しかった。

きっとこの後もミーティングやらなにやらで忙しいだろう。

朝から活動して疲れたし、俺は帰って寝ようかな……。

下駄《げた》箱にスリッパを返して、俺は外に出て——。

「将人《まさと》兄さん！」

……と、思ったら。

振り向くと、そこには今日のヒーロー。

「由佳《ゆか》、お疲れ様」

「あ、えっと、あの、来てくださって、ありがとうございました」

「いいのいいの。むしろごめんね、黙って来ちゃって」

「いえ！　嬉《うれ》しかったです……あの」

由佳《ゆか》が、少し下を向いてもじもじしている。

少し間があってから、意を決したように由佳《ゆか》が顔を上げた。

「あの！　もうあと15分くらいでミーティング終わるので……一緒に帰りませんか……？」

正直、さっきまでは疲れていたので早く帰って寝たい気持ちでいっぱいだったけど。

今日のヒーローにこんな風に頼まれては、断る気には全くならなかった。


その後。校門付近で待っていると、由佳《ゆか》が走ってきた。

なんか後ろにいた先輩や保護者の方々がなにやら大声で叫んでいて、由佳《ゆか》が顔を真っ赤にしながら突っ込んできたものだから、何事かと思ったけれど。

勢いよく由佳《ゆか》がそのまま俺の背中を押すものだから、仕方なく俺はその場を後にした。

由佳《ゆか》の荷物を俺の自転車のかごに載せて、夕暮れの道を2人で歩いている。

「もう……どうして言ってくれなかったんですか？」

「いや言ったらなんか由佳《ゆか》にプレッシャーかけそうじゃん？」

「むー……」

むくれた顔も可愛《かわい》い。バスケをやっている時とは大違いだ。

きっと相手チームからしたら悪魔に見えただろうに……。

「そうだ、将人《まさと》兄さん、バスケしてから帰りませんか？」

「ええ!?　由佳《ゆか》流石《さすが》に疲れてるんじゃ……？」

「軽くです！　軽く！」

確かに、ここからいつもの公園はさほど遠くない。

しかし由佳《ゆか》は2試合こなした後だ。

流石《さすが》に疲れているところで無理はさせたくないし……それに。

俺は夕暮れが眩《まぶ》しい空を見る。

「もう暗くなっちゃうんじゃない？」

「じゃあ急いでいきましょう！」

そう言うが早いか、由佳《ゆか》は俺が持っていた自転車を指さす。

「私が漕《こ》ぎます！　お兄さんは後ろに乗ってください！」

「いややるとしたら逆う！」

「え、そうですか？　じゃあ乗せてくれますか？」

う……上目遣いでそう頼まれては、なんとも断り辛《づら》い。まあええやろ！　今日由佳《ゆか》は頑張ったからね。

「わかったよ！　じゃあ行くから乗って！」

「やった……！　ありがとうございます！」

由佳《ゆか》が後ろに乗ったのを確認して、自転車を漕《こ》ぎ出す。

ぴったりとくっついてくる由佳《ゆか》の体温を背中に感じながら。

吹き抜ける風が、心地《ここち》良い。

「〜〜♪」

振り向かなくてもわかる。

由佳《ゆか》は大変気分が良《い》いようで、俺の腰に回す手がとても強い。

——まあ、こんなのもたまには悪くないね。


事件は、公園に着いてから起こった。

俺と由佳《ゆか》は無事公園に到着し、俺は自転車を止めに駐輪場へ。その間に由佳《ゆか》は先にボールを持ってコートへ向かったのだが。

コートの目の前で、由佳《ゆか》が立ち止まっている。

「……どうしたの?」

振り返った由佳《ゆか》の顔が青ざめていて、俺は思わずぎょっとする。

いったい何が……?

「将人《まさと》兄さん……これ……」

由佳《ゆか》の声は、半分涙混じりだった。

コートの入り口。

そこには貼り紙があった。そういえば、朝もなにかあったような……。

由佳《ゆか》の後ろから、その貼り紙に書いてある内容を見る。

そこには『バスケットコート取り壊しのお知らせ』と書いてあった。

バスケ部JCは覚悟を決める ●○●

《将人《まさと》》『良《い》いんだけど、俺朝起きれる気がしないわ……』

《ゆか》『あ、えっと……もしよかったら、私朝電話しましょうか？』

《将人《まさと》》『わかった！　お願いする！　起きれなかったらホントごめん！　頑張る！』

《ゆか》『じゃあ明日6時頃電話、しますね！　おやすみなさい』

《将人《まさと》》『はーい！　おやすみ』

昨日のSNSのやりとりを見て、私は大きく深呼吸。

今、ちょうど朝の6時。

私はこのくらいの時間に起きることに慣れているけれど、将人《まさと》兄さんはそうではないらしく。

普段から連絡とるときも、すっごい夜遅くに来たりお昼まで返ってこなかったりだから、そういうものなんだなあと思っている。

将人《まさと》兄さんを無理やり起こすのは罪悪感があるけれど、これは頼まれた事……そう言い聞かせて、私は通話ボタンに手をかけた。

1コール目、出ない。2コール目、出ない。

なんかとても、ドキドキしてきた。

そして、3コール目。

通話が繋《つな》がった。

「あ、もしもし、将人《まさと》兄さんおはようございます」

『……』

もぞもぞと布団《ふとん》が動く音だけがしばらく響く。

「あの……将人《まさと》兄さん？」

やっぱり、悪かっただろうか。

罪悪感が胸を襲ったその、瞬間。

『……ゆか？』

「ッ……!!」

とんでもない大きさの爆弾が降ってきた。

ちょっとろれつが回っていない、寝起きの声。

心臓が早鐘を打つ。全然そんなことないのに、いけないことしてるみたいで。

「お、おはようございます。由佳《ゆか》です」

『んっ……』

……え、えっちすぎる……。

い、色っぽい声出さないで！！！

その後将人《まさと》兄さんの意識がはっきりするまで通話をして……。

そして切った。

「なにこれ……頭変になるよぅ……」

寝起きの将人《まさと》兄さんの破壊力は抜群だった。

正直、かなり危なかった。色んな意味で。

私は、大きく深呼吸してから。

とりあえず、布団《ふとん》で1分くらいごろごろと転がり回った。


将人《まさと》兄さんに朝練をしてもらった後、私はチームメンバーと一緒に大会の会場へと来ていた。

全員でウォーミングアップをして、これから1戦目。

トーナメントだから、負けたらそこで終わり。

緊張……はしてないと思う。負けたら3年生が引退になってしまうので、それは嫌だけど。

相手が将人《まさと》兄さんより強いってことは無いと思えば、ちょっと気が楽だった。

「由佳《ゆか》、ガンガン回していくからよろしくね！」

「はい！　頑張ります！」

声をかけてくれたキャプテンは優しい人。私が急にスタメンになった時も、ずっと優しく声をかけてくれた。

見るからにバスケ部って感じのポニーテールで、カッコ良《い》い人。

パイプ椅子から立ち上がって、呼吸を整える。

左腕に嵌《は》めた、黒いリストバンドをぐっと握った。

将人《まさと》兄さんがくれた、リストバンド。

裏を見たら、確かにローマ字の筆記体で『ＭＫ』の文字。

……嬉《うれ》しいな。将人《まさと》兄さんが一緒に戦ってくれている気がして、心強い。

「それじゃ整列してください！」

審判さんの言葉を受けて、私は先輩達と一緒にコートに立つ。

よし。頑張るぞ……！


コーチから、好きに暴れて良《い》いと言われていたので、ボールをもらったら私は果敢に攻め込んだ。

ディフェンスも全然怖くないし、このくらいならガンガン点数とれる。

シュートとパスの選択肢を織り交ぜながら、私は得点に絡《から》んでいった。

そんな私に相手側が２人のディフェンスをつけてきたけれど、それも気にならない。

将人《まさと》兄さん１人の方が何百倍も点を取るのが難しいんだから！

「由佳《ゆか》ナイッシュ！　もっと行ってもいいからね！」

「はい‼」

ディフェンスに戻りながらキャプテンと軽くハイタッチ。

やっぱり試合は楽しい！

後半に入っても私の調子は落ちなかった。

今日はとっても、調子が良《い》い。

相手のオフェンスだけど、全体的にボールをつく手が高い。ドリブルの隙をついて私はすかさずスティールした。

「ナイス！　由佳《ゆか》こっち！」

先輩にパスを回して、私もオフェンスへ。

相手がディフェンスに戻ったのを確認して、再びパスを受ける。

2人ディフェンスがいるけど、関係ない。

いつものように間を作って抜いて……ヘルプに来た相手をパスフェイクで騙《だま》して。

ほぼフリーでジャンプシュート。

よし。決まった――。

と、その瞬間。

リングの、その先に視線が吸い寄せられる。

応援席に座る、男の人。

将人《まさと》兄さんがいた。

「え、ちょっと応援席にめちゃくちゃイケメンな人いなかった？」

「え、わかるわかる私も見た！」

「あれ誰？　誰かのお兄さんとか？」

「紹介して〜!!」

ど、どうしてこんなことに……。

無事私達は2試合を行ってどちらも勝利を収めることができた。

それはとても良《い》いこと。

だけど、試合が終わって更衣室、そこではもう将人《まさと》兄さんの話題で持ち切りだった。

「なんかお父さんに聞いたんだけど、由佳《ゆか》のお兄さんらしいよ」

「え！　そうなの由佳《ゆか》!?」

ここには、試合に出ていた人しかいない。つまりは私の同級生の友達はいないわけで……。

1年生の私はとっても肩身が狭い……。

「あ〜えっと……」

「ねえ由佳《ゆか》あのお兄さん紹介してよ！　超カッコ良《い》いじゃん！」

「名前は名前は!?」

将人《まさと》兄さんは兄さんだけどお兄さんじゃなくって……ってなんでこんな混乱しちゃうんだろう。

それに紹介は絶対ダメです！

なんとか更衣室を出て、皆がいる場所へ戻る。

そこには応援に来てくれていた私のお母さんが。

良かった、お母さんがいるなら保護者の人達への誤解も解けているはず……！

「由佳《ゆか》、私あんなにカッコ良《い》い息子いたかしら……」

「もうお母さんまで何言ってるの⁉」

「だって、もしいたなら嬉《うれ》しくって……」

「ダメなの！　それはダメ！」

ってこんな事話してる場合じゃない。

将人《まさと》兄さんと一緒に帰る約束をしたから行かないと……。

解散前最後のミーティング。

試合の反省をキャプテンが話して、次の試合への士気を高める。

明日からはまた部活だからね。

そしてそろそろ解散かな、というそのタイミングで。

キャプテンが真剣な表情でパン、と一つ手を叩《たた》いた。

「よし。では今から由佳《ゆか》のお兄さんを紹介してもらう奴《やつ》を選抜する」

「ええ⁉」

とんでもない事言い出したんだけどキャプテン⁉

「きちゃ～！　はいはい私立候補します～！」

「私もー‼」

「私もイケメンとイチャイチャしたいです‼」

次々に立候補していく先輩達。いやいやダメですよ⁉

「なんて……冗談です。そんなことはしません」

ホッ……先輩達からブーイングが上がっているけど、私は心底ほっとしていた。

キャプテンは、一つ咳払《せきばら》いをしてから。

「私だけが紹介してもらいます」

え……？

「ゴミキャプテン！」

「このクズ！」

「お前彼氏いんだろ‼」

今度はすごいブーイングがキャプテンに……。

しかしそれをまたものともせず涼しい顔をして、キャプテンが私に視線を向ける。

「由佳《ゆか》、紹介して？」

そんなペロ、と舌を出されても……。

い、言わなきゃ。あの人は私のお兄さんじゃないって……。

それに、あの人は……あの人は私の――！

大きく、息を吸い込んだ。

「あの人は私の彼氏になる人なのでダメです！！！」

恥ずかしくなって、私は逃げるように駆け出した。

「結婚式呼べよ由佳《ゆか》〜！」

「由佳《ゆか》ちゃん頑張ってね〜！」

「青春だなあ〜！」

後ろでがやがやと騒いでいる声が、やたらと恥ずかしい。

校門の前に、待っている将人《まさと》兄さんの姿が見える。

「行きましょう将人《まさと》兄さん！」

「お、おお……？」

私は恥ずかしい気持ちをこらえて、将人《まさと》兄さんの大きな背中を勢いよく押すのでした。

将人《まさと》兄さんの自転車の、後ろに乗っている。

将人《まさと》兄さんの広い背中に抱き着いて、私は至福の時間を過ごしていた。

ワガママ言ってみてよかった。

今日はカッコ良《い》い所見せられたかもしれないし、こうして将人《まさと》兄さんにくっつけるし、最高の日だ。

思わず、心が躍る。

「好き……です」

風が吹いていて、後ろにいる私の声は聞こえていない。

小さく呟《つぶや》いたこの気持ちは、届かない。

さっき、皆の前で宣言したことを思い出す。

やっぱり、将人《まさと》兄さんと付き合いたい。

この人を私の彼氏にしたい。

けれど……きっと将人《まさと》兄さんは、私のことを妹みたいな存在だと思っている。

それは、今日応援席でもそう言っていたんだろうから明らかだ。

悔しい。

意識してほしい。

どうやったら、意識してくれるだろうか。

抱きしめる手を強めた。

強く、強く抱きしめる。

放したくない。

ずっとこうしていたい。

どうしたら、この気持ちに気付いてくれるの？

将人《まさと》兄さん。


将人《まさと》兄さんが自転車を止めに行く間に、私はコートを確保しに来た。

もう日が暮れかけなこともあってか、人はいない。

よしよしと思いながら、私はコートに入ろうとして——。

「……？」

見慣れない貼り紙が、コートの入り口に貼ってあることに気付いた。

内容を、読む。

「え……」

そこには、このコートが『来週から使用できなくなる』ということが書いてあった。

……どうして？

さっきまであんなに幸せだったのに、私の気分は冷や水を浴びせられたかのように冷え切っていた。

ここが、無くなっちゃう、って。
初めて出会って。
カッコ良くって。
また会いたいと思って通い詰めて。
初めて話しかけた。

『あ、あの私と……勝負してください！』
『ええ⁉』

将人《まさと》兄さんとバスケするのが楽しくて……。
私は金曜日が楽しみになった。
『きょ、今日こそは勝ちます！　そして、この場所を……渡してもらいます‼』
『来たな～ちびっこ』

雨に打たれて、ドキドキしたこともあった。

『これ、着てて。半袖だからあんまりかもだけど。マシでしょ多分』
『え……』

助けてもらった。

『──随分楽しそうな練習するんだね』
『……よく頑張ったね、由佳《ゆか》。カッコ良かったよ』

いくつもの思い出が、頭のなかを回る。
いつも、いつもここだった。
将人《まさと》兄さんと私の全てが、ここにある。
それなのに。
無くなる……？
それってつまり、将人《まさと》兄さんと、会えなくなる……？
「どうしたの？」
自転車を止めてきた将人《まさと》兄さんが、いつの間にか後ろまで来ていた。
私は、なんとかこの辛《つら》い気持ちを抑えて振り返る。

「……将人《まさと》兄さん、これ……」

将人《まさと》兄さんが、同じく貼り紙に目をやった。

「……マジか」

内容を読んだ将人《まさと》兄さんも、衝撃を受けたみたい。

最悪だ。

思い出の詰まったこの場所が無くなって。

来週から、将人《まさと》兄さんに会えないんじゃ――。

「新しい場所、探さなきゃな」

「え……？」

「え？　って。ここが無くなるなら、新しい場所探さなきゃなーって」

将人《まさと》兄さんの言葉を理解するのに、数秒かかった。

「そ、そんなあっさり……」

「そりゃ、この場所が無くなるのはめちゃくちゃ悲しい……由佳《ゆか》と出会った場所だし。けどさ」

頭に、感触。

大きな、将人《まさと》兄さんのてのひら。

「思い出が、無くなるわけじゃないだろ？　現にこうして、俺と由佳《ゆか》はこの公園以外でも一緒にいる。思い出は俺たちの中で残っていくし……また新しく、思い出を作れる場所を見つければいいんじゃないかな」

……色々な事実が、私の感情をかき乱す。

将人《まさと》兄さんと、また会えるんだ、とか。

出会った思い出って言ってくれて嬉《うれ》しい、とか。

また一緒に探そうとしてくれている、とか。

全部、全部全部全部、私のために言ってくれてるってわかって。

また、嬉《うれ》しくて。

将人《まさと》兄さんに抱き着いた。

「うわあ!?……どうしたよ、由佳《ゆか》」

「将人《まさと》兄さん、ありがとう……ございます……！　本当に、私と出会ってくれて……！」

「そんな大げさな……」

頭を、撫《な》でられる。

大げさなんかじゃない。

私は、この人と出会えてよかった。

やっぱり――大好きなんだ。

少し、気分が落ち着いて……我に返って、撫《な》でられているという事実に気付く。

これは、多分将人《まさと》兄さんが私を妹のように思ってくれているからしてくれること。
ゆっくりと、離れた。
名残惜しいけど。
これは、きっと、必要な一歩。
「由佳《ゆか》……?」
私は、コートに踏み入れる。
夕日がもう本当に傾いていて、眩《まぶ》しい。
きっともうすぐ暗くなるだろう。
コートに入って、将人《まさと》兄さんに振り返った。
ぽかん、としている将人《まさと》兄さん。
そんな顔も、とてもカッコ良《い》い。本当に、全部が好き。
だから。
――ねえ、大好きな私の将人さん、い、い。
「勝負しましょう。将人《まさと》兄さん」
私は、覚悟を決めた。

バスケ部ＪＣの、想いは ●○●

「勝負しましょう。将人《まさと》兄さん」

夕焼けをバックに、由佳《ゆか》は俺にそう言った。

優しく微笑《ほほえ》む彼女の表情が年相応に見えなくて一瞬息を呑《の》む。

いかんいかん、相手は女子中学生なんだ。

女子中学生相手に「綺麗《きれい》だな」っていう感想は流石《さすが》にキモすぎる。

俺は邪念を振り払って、由佳《ゆか》と向き合った。

「勝負って……１ｏｎ１するのか？」

「はい」

１対１の勝負。それはいつも由佳《ゆか》とやっていることではあるし……そして一応、負けたことは無い。

というか流石《さすが》に女子中学生には負けられない。プライド的にも。

……今日の活躍を見てると、ホント近いうちに負けそうだなとは思うが。

「けれど、一発勝負です。オフェンスとディフェンス１回ずつやって、差がついたら終わり、でどうでしょう」

「……なるほどな」

いつもは5点先取とかで行っている１ｏｎ１を、一発勝負にしてきた。

確かにこれなら由佳《ゆか》にも勝ち目はあるだろう。シュートというのはどれだけ上手《うま》いプレイヤーであっても１００％入るということはあり得ない。つまり、試行回数が少なければ少ないほど、成績はブレる。

それに……手の内は大体知っているけれど、由佳《ゆか》にもし隠し玉があるとして。

それを初見で対応できるかはわからない。

だが、もし仮に点を取られても、こっちの点数が防がれることは想像しにくい。

なんといっても身長が絶対のこのスポーツで、その利がこちらにあるのだから。

「いいよ。時間もないし、準備できたらやろうか」

「一つ」

コートに入った俺の目の前に、由佳《ゆか》がぴん、と人差し指を立てた。

「負けた方は、勝った方のお願いを一つ聞く。と、いうのはどうでしょうか」

……やけに自信満々だな。こりゃなにか隠し玉があると思った方が良さそうだ。

「……いいよ。受けて立とう」

お願い、お願いか。勝ったら由佳《ゆか》に何をお願いしよう。

モーニングコールが助かったから、またしてもらおうかな。朝起きれないんだよね、俺。

由佳《ゆか》からボールを受け取って、俺は軽くアップ。

「試合終わりで疲れてるんだから、無理すんなよ〜！　前みたいにコケても知らないからな！」

「……！」

由佳《ゆか》が驚いたように固まる。

ん？　なんか変なこと言ったか？

「覚えてるん、ですね」

「え、いやそりゃそれくらい覚えてるよ。そんな前の話だっけ？」

確か一緒にバスケし始めてすぐくらいだから……3ヶ月くらい前か？

「ふふふ……」

「な、なんだよ」

「いや、嬉《うれ》しいなって思って！」

満面の笑みの由佳《ゆか》。

な、なんだ？　この子こんなに大人びた笑いする子だったか……？　幼くて可愛《かわい》い顔立ちなのに、思わずドキッとしてしまった。

いかんいかん。この子は中学1年生。余裕で犯罪なんだワ。

軽くアップを終え、いよいよ勝負を始める。

そっか。この場所で勝負できるのは、最後かもしれないな。

そう思うと、少し感慨深い。

由佳《ゆか》も、準備ができたようだ。

「じゃあ、始めましょう。先攻後攻はどうしますか？」

「いつも通り、由佳《ゆか》が決めて良《い》いぜ」

「では、先攻で行かせてもらいます」

オフェンスの後先は、由佳《ゆか》がいつも決めている。

大して有利不利は出ないけど、これくらいの決定権は向こうにあって然《しか》るべきだろう。

由佳《ゆか》からバウンドでボールを受け取って、俺がその場に何度かボールをついた。

このボールを由佳《ゆか》に返した瞬間。勝負は始まる。

由佳《ゆか》を見れば、目を閉じて少しだけ集中していた。

……そんなに真剣なの？　ま、まあいい事だけど……。

これは俺も真剣にやらないと失礼だな。

ボールをバウンドパスで返したと同時——俺は由佳《ゆか》に対してディフェンスの姿勢をとった。

腰は低く。相手の進路を塞ぐ大きな構え。

体格差もある。相手が普通であれば、まず負けない勝負。

けれどどこの子は——。

「──行きます」

普通じゃない。

まずは挨拶代わりのその場シュートフェイク。

これは流石《さすが》に釣られない。一発勝負でこの距離からのシュートに託すほど由佳《ゆか》は外からの成功率が高いわけじゃない。

いや、女子中学生にしてはあり得ないくらい高いけど。

嬉《うれ》しいことに、由佳《ゆか》は俺のスタイルに憧れている節がある。

俺のプレースタイルは、もちろん外も打つことはあるけれど、中に切れ込んで相手のディフェンスを撹乱《かくらん》するスタイル。

だからこの場面で選ぶのは当然。

「ふっ──！」

ドライブだ！

切れ味鋭いチェンジオブペースのクロスオーバー。

由佳《ゆか》と同じ中学生であればきっと誰もついてこれやしない。

俺も中学生の時であればとてもじゃないがついていけなかっただろう。

でも、俺はその速さを何度も見てきたから知っている。

由佳《ゆか》の進行方向の正面に回り込んだ。

このまま突っ込んできたらオフェンスファウルになるところまで。

「まだ——」

するとすぐに次の手に出てくる。

ロール。

反対方向に勢いそのまま回る技術。これも、俺と練習している内に完全に自分のものにした技術。

本当に、末恐ろしい。

だけどそれも、俺が教えたものだ。

「知ってるよ！」

これも回り込む。体格差があるから、一歩の大きさにももちろん差が出る。

だから、追い付ける。スポーツにおいて体格差が絶対的なアドバンテージになる所以《ゆえん》。

「——ですよね」

そして由佳《ゆか》もまた、俺がロールに対応できることを知っていた。

ロールを途中でやめ、背中側でドリブルを入れてから少し後方へ下がるステップ。

どう考えても中学1年生の技術じゃない。思わず笑えてくる。

——その瞬間。俺との距離をとった由佳《ゆか》が、片足で跳んだ。

(悪いな！　そこなら届くぜ由佳《ゆか》！)

跳んだらもうこの1on1において選択肢は一つだけ。シュートだ。

確かに後方へのステップで俺との距離はできたが、ここからでも届く。身長差があるから。

そう、思った。

しかし俺の伸ばした手は――空を切った。

「うっそだろおい――」

由佳《ゆか》は、片手で、ボールを上空へ放り投げていた。

――オーバーハンドのフローターショット。

プロの世界でも使われる、相手のブロックをかわすためのシュート。

俺でも届かないように、由佳《ゆか》は弾道を変えた。

一度も見たことが無かった。

高い放物線を描いたボールはそのまま――リングに吸い込まれた。

「これで、先制ですね、将人《まさと》兄さん」

「おいおい嘘《うそ》だろ……」

してやったりと笑う彼女に、俺は鳥肌が止まらなかった。

由佳《ゆか》の身長は、中学1年生にしてはかなり大きい方だ。

それは、中学3年生と比較しても、だ。

ということはつまり、由佳《ゆか》は別に高いブロックをかわす方法なんて考えなくていいはずなんだ。

なのに、今のシュートはあまりにも打ち慣れている。

日頃から、練習している。

それはつまり――。

「将人《まさと》兄さんに勝つために、練習しました」

「正気かよ……！」

俺が見ていない、部活とかその他の時間で、練習したのか、このシュートを。

そ、そんなに俺からこの場所取り上げたかったの……？

「ほら、将人《まさと》兄さんのオフェンスですよ」

「お、おう……」

いつになく不敵な笑みの由佳《ゆか》に若干たじろぎつつ、俺はスタート位置に戻る。

大丈夫、ここまでは一応想定内だ。

由佳《ゆか》のことだから、オフェンスで何かしらの隠し玉があることはわかっていた。

けれど、ディフェンスはそうはいかない。

オフェンスは水物だが、ディフェンスはそうではない。

俺は本気で点数をとろうと思った時に、由佳《ゆか》にブロックされたりスティールされたりしたことはない。

由佳《ゆか》には悪いが……そうあっさり負けるわけにはいかないからね。

由佳《ゆか》にボールを渡す。

これが返ってきたら、俺のオフェンスがスタートだ。

「ねえ、将人《まさと》兄さん」

「……ん？」

由佳《ゆか》がボールを何度か地面につきながら、俺の目を見てきた。

まっすぐな、翡翠《ひすい》の瞳。

吸い込まれそうになる、純粋な視線。

「将人《まさと》兄さん、怪我《けが》、してますよね」

由佳《ゆか》から出た発言に、思わずぎょっとした。

「……なんで、そう思うんだ？」

「何度も何度も将人《まさと》兄さんのプレーを見てきたから、わかります。右ひじか右肩、ですよね」

「……」

「今バスケを——というかスポーツをやってないのって、それが理由なんですか？」

「……どうだかな」

由佳《ゆか》の指摘は、図星だった。

俺は右ひじを壊している。生活に支障はないし、別に交通事故とかそういう暗い話じゃない。

とあるスポーツのやりすぎだった。

「私、まだ将人《まさと》兄さんのこと、全然知りません。今のこともそうだし、過去とかも」

少しだけ寂しそうに、由佳《ゆか》はそう言った。

そしてパシっと、ボールを両手で持ってから。

「もっと——知りたいです。将人《まさと》兄さんのこと」

「……!」

それはあまりに純粋で、その上目遣いに、不覚にもドキッとしてしまう。

ま、まてまて、流石に女子中学生相手はまずいよね!?

「し、勝負が終わったらな!」

今は集中だ!　この精神攻撃ももしかして狙ってるのか？

だとしたら由佳《ゆか》はいつのまにかとんでもない悪女になってしまったのかもしれない……。

「はい。これが終わったら……たくさん、たくさん教えてくださいね」

ボールが、バウンドパスで渡される。

俺のオフェンスだ。

もう勝ったかのようなその物言い……改めさせてやんないとな!

由佳《ゆか》がぴったりとついてきた。

文句のつけようのない隙のないディフェンス。

シュートフェイクを入れる。

由佳《ゆか》はしっかりついてきた。

そりゃそうだ。俺の外の確率も知っていて、もし入ったらせっかくリードした展開が振り出し。

その可能性を排除したいに決まってる。俺がディフェンスしてた時とは、まるで逆。

だから、少しだけの隙が生まれる——！

迷わず切れ込んだ、左へのドライブ。

俺は左手でのドリブルスキルにも自信があった。

右を怪我《けが》していることがバレたって、なんの問題もない。

だが由佳《ゆか》も少し遅れたもののついてくる。

ゴールまでの進路にはそう簡単に進ませてくれない。

けど、これだけリングに近付ければ十分だ。

ボールを両手で摑《つか》んで、ターンしながらフェイダウェイで決められ——。

「そこですっ！」

両手でボールを持った瞬間。

由佳《ゆか》が伸ばしてきた右手が、俺の持っていたボールを正確に弾《はじ》いた。

「将人《まさと》兄さんは右手を怪我《けが》してる。だから、両手でボールを持つ時に、シュートフォームに移行するのが少しだけ遅れてます！」

「うっそだろ……！」

俺の頭の上に、弾《はじ》かれたボールが浮く。

スローモーションになる世界。

このボールをとらなければ、俺の負けだ。

フェイダウェイを打とうとしていたのもあって、俺の体勢は後ろ体重。

俺は頭上に浮いたボールを再びとろうとして――。

「ダメです」

それすらも、由佳《ゆか》の右手に弾《はじ》かれた。

ボールは無情にも後方へ。

……俺の負け、か。

思い切りボールを弾《はじ》くために、必死になった由佳《ゆか》が俺の上にのしかかるようになってきている。

なす術《すべ》もなく、俺は後方に仰向けで倒れ込んだ。

由佳《ゆか》が上になって、俺と同時に倒れ込む。

ドタッという音と共に、背中に衝撃。

てん、てん、と。

後方にボールが転がる音だけが響いた。

衝撃に耐えるために閉じていた目を開けると。

目の前に、由佳《ゆか》の顔があった。

それも。

あまりに近すぎる場所に。

唇に、感触。

え――？

理解した時には、もう遅かった。

ゆっくりと、由佳《ゆか》の顔が離れる。

「ッはぁ……」

「おま、なにして――」

俺が下になって、上には、真っ赤な夕日と。

頬が上気した、由佳《ゆか》の幼くて……それでいて整った、綺麗《きれい》な、顔。

「――嫌です」

「え――？」

「妹じゃ、嫌です」

「……！」

大きな心臓の音が、聞こえてきた。

これは、由佳《ゆか》の心臓の音？　それとも――。

「今は、無理なのわかってます。けど――意識、してください。妹じゃなくて、1人の女の子として。それが、私のお願いです」

「そ……れは」

「ダメですか？　こんなちっちゃい……中学生じゃ、ダメですか？」

いつも見慣れた、可愛《かわい》い由佳《ゆか》の顔。

なのに、なんでこんなにも、妖艶《ようえん》で、蠱惑《こわく》的に感じるのか。

俺は思わず、右手で顔を隠した。待って、今顔赤くてクソダサいかも――。

「許しません」

「ちょ――」

由佳《ゆか》がその右手を、強引に解いて地面に強く押さえつけた。力、強すぎ……！

「んっ……！」

もう一度、由佳《ゆか》の顔が目の前に。

もう言い逃れようもない。

DuNK

強引で、それでいてどこか——希《こいねが》うような、優しいキス。

「……！」

「どう、ですか？　これでも、ダメですか？」

由佳《ゆか》の顔は、真っ赤だった。

「大好きなんです。もう抑えきれないんです！……今は、無理でもいいですから……！　妹じゃなくて……ちゃんと……ちゃんと女の子として見てください」

そう言い放った由佳《ゆか》の涙混じりの満面の笑みは。

俺の心をかき乱すのに十分すぎる威力を持っていて。

激しく鳴り続ける心臓の音。

火照《ほて》った身体《からだ》が、運動によるものなのか、今の状況によるものなのかわからない。

死ぬほど恥ずかしくなって、なんとか顔を見せないように横を向いても、無理やり正面を見させられて。

表情も隠せない。

もう両手は、完全に由佳《ゆか》の両手によって制圧されている。

「ねえ、将人《まさと》兄さん」

もう由佳《ゆか》の顔しか——見られない。

「——もっとしてもいいですか？」

その時の由佳《ゆか》の興奮しきった表情を見て俺はようやく気付いた。
どちらが今〝上〟にいるのか。
その後数十分――俺は身をもってわからされるのだった。

最近、よくボケっとしてしまう。

俺にとって衝撃的な事件から5日……。正直、あんまり大学の授業も、頭に入ってこない。BGMのように教授の声が右から左に抜けていくだけだ。

脳内をリフレインするのは、あの日のやりとり。

『返事はいりません。これからずっと……いっしょにいて私の想《おも》いを証明しますから！』

きっと今は年上の俺に幻想を抱いてるだけで、もっと色んな男と会えば変わるかもよ？　と聞いた俺を一蹴したのがこのセリフ。

笑顔で帰っていった由佳《ゆか》の顔は……とてもイキイキしていたように思う。

実際そう思うのだ。中学生なんて多感な時期で、たまたま今回は俺がいただけで、これからいくつもの恋と失敗を経験していくはずなのに。

あんな嬉《うれ》しそうに言われたら、振り切ることなんてできない。普通に可愛《かわい》いし。俺も男だし。

あれから由佳《ゆか》からの連絡も結構積極的だ。

由佳《ゆか》の言う通り、今までは妹のような存在だと思っていたから、まさかそんな感情を抱かれているなんて思いもしなかった。

あの日の由佳《ゆか》の表情が、行動が、脳裏に焼き付いて離れない。

夕日を背に、由佳《ゆか》に上から押さえつけられて……。

「……ごめんごめん」

隣に座った恋海《こうみ》の声を聞いて俺は我に返った。

「はい、これ冷たいの」

「おお、ありがと。ちょっと待って、今細かいのあったかな……」

「いーのいーの！　これくらい払わせて」

今日は腰の高い位置からスウェードフリルのついたブラウンのショートパンツに、白の清涼感溢《あふ》れるスクエアネックタイプの半袖姿。スタイルが良い恋海《こうみ》は、脚を長く見せたこういったセットアップが映える。

「自販機のジュース奢《おご》ったくらいじゃなんもカッコ良くないヨ？」

「みずほだってこの前買ってたじゃん」

「それはスタバね！　私の方が格上なのだ！」

恋海《こうみ》の後ろからひょこっと顔を出したのは恋海《こうみ》の親友であるみずほ。

みずほは恋海《こうみ》と同じショートパンツでこそあれ、色は黒で上はピンクのシースルーブラウス。それに袖の部分はレースタイプになっていた。

みずほの可愛《かわい》い部分を前面に押し出したファッションは、自分の武器をわかっていて、それを使いこなしているようにすら見える。

「でも将人《まさと》確かに最近元気ないよね。なんかあったの？」

「いや……なんでもないよ」

可愛《かわい》く首を傾《かし》げたみずほだったが、俺が恋海《こうみ》から渡されたジュースを無言で飲み始めてこの話をする気がないのがわかると諦めてくれた。

まあ、もうこの5日間で何度聞かれたかわかんないしな……。

自分でもかなりショックを受けているのかもしれない。

この世界に来て4ヶ月弱。正直ほとんど変わりないし、俺自身も今まで通り生きていけると思っていたが……やっぱり違う世界なんだと叩《たた》きつけられた気分だった。正直油断してた。由《ゆ》佳《か》と仲良くなれて、可愛《かわい》い妹みたいな子ができたって何も考えず喜んでた。

目の前で話し始めた2人を見る。

この2人とも仲良くなれた自信はあるし、前の世界だったらこのまま何も感じずに暮らしていたと思う。可愛《かわい》い女子たちと仲良くなれたって浮かれていたまんまだっただろう。

けれど、違うんだ。恋愛感情……をもたれているかどうかまではわからないが、少なくとも2人とも俺に好感情を抱いてくれていると思う。

だから、これ以上踏み込んじゃいけない。もし仮に付き合うような話になってしまったら。彼女達を傷つけてしまう。

今になって思えば、泊まりの旅行だってめちゃくちゃ危ないよな……せめてもう1人男子がいるとか、した方がよかったよな……生憎《あいにく》、仲の良《い》い男子なんてボーイズバー仲間以外にはいないんだけど……。

「来週楽しみだね！」

「そ、うだな」

思わず返答も詰まってしまう。

来週。もう夏休みは直前に迫っていて、その夏休みの初《しょ》っ端《ぱな》に俺たちは海に行くことになっている。

今までの俺だったらなにも心配せずのこのことついていったと思うけど……ようは前の世界なら、タイプの違うイケメンの男2人に女の子が1人でついていくわけだろ？　俺が女の子の友達だったら心配する。「大丈夫なん？」って。ちなみに大丈夫ではない。

だからしっかり線引きをしよう。今更感はだいぶ否《いな》めないけど……。

できることはやろう。

「ねえ、将人《まさと》聞いてよ。みずほったら水着ちょっと攻めたやつにしようかなとか言って——」

「あ——!! あ——!! 聞こえません! 聞いてません!! 誰も得しまっせ——ん!」

ニヤニヤと笑いながら俺にそんなことを伝えてきた恋海《こうみ》に、みずほがタックルしてる。

なんか、ちょっと微笑《ほほえ》ましくて、気持ちが幾分か落ち着いた。

最近はなんか2人の間もたまにギクシャクしているような気がして、どうしたのだろうと気になっていたから。

わだかまりが解消したのなら、それで良《い》い。

「じゃあ、楽しみにしてるね」

「うぅ……全然そんなんじゃないんです……最悪だ……私貧相なのに……」

まあ、これくらいならいいだろう。

わかっていたことではあるけれど、18年生きてきた性格はそう簡単に変えられそうにない。

これが俺の素なのだから。

ただボディタッチとか、パーソナルスペースとかは考えなきゃいけないな……。


今日は金曜日。

バイトをしていれば、いつものように18時半頃に星良《せいら》さんがやってくる。

「いらっしゃいませ、お嬢様。今日も来てくれたんですね」

「ええ。こんばんは、まさと」

半袖の白のブラウスにスーツスカート。黒髪を今日はポニーテールではなくそのまま下ろしているのが、仕事のできる女性って感じでかっこよさが際立《きわだ》っている。

冷静になってみれば、この人との関わり方が一番難しい。

とりあえず、心無し普段の連絡の頻度を減らしてみた。効果があるのかはわからないが……。

一番の問題は、俺自身が星良《せいら》さんに嫌な気持ちを抱いていないことだと思う。

綺麗《きれい》な人だし、話してて楽しいし……。

気に入ってくれているというのも普通に嬉《うれ》しかった。今にして思えば、かなりボディタッチも多いが……男なら、こんなの浮かれてしまう。

しばらく接客していると、星良《せいら》さんがおもむろに鞄《かばん》の中から何かを取り出した。

「実は……今日は渡したいものがあって来たの」

「え……？」

差し出された、丁寧に梱包《こんぽう》された包みを見て、俺はそれがプレゼントの類であることに気付く。

……まだ全然誕生日とかじゃないのだが？

「ちょ、ちょっと待ってください星良《せいら》さん、俺まだ誕生日先ですし……」

「誕生日はこんな物で済ませないわよ……これはほんのお礼。この前デート付き合ってくれたしね」

渡された袋は、そこまで重くも大きくもない……が、俺でも知っているブランドのロゴが刻まれている。

あ、開けるのが怖いんですがそれは……。

「あ、開けてもいいですか？」

「もちろん。もうそれはあなたの物よ」

恐る恐る、開けてみる。袋を開けてみれば、さらに四角い箱。丁寧にその梱包《こんぽう》をまた開けると中に入っていたのは、紺のシックなネクタイと、タイピン、カフスが入ったセットだった。

色合いも落ち着いていていてとても俺好み。

でもやっぱり値段が気になってしまう。

「うわカッコよ……ってだけどやっぱこれ高いですよね……？」

「もう……金額なんて気にしないで。まさとに似合うだろうなって思ったから買っちゃった」

悪戯《いたずら》成功したみたいな笑みを見せる星良《せいら》さんが普段とのギャップがあって、思わずドキッとしてしまう。

まずいな……由佳《ゆか》の件があってから、異性の表情に過剰に反応してる節がある。

「で、でも……本当に、使いすぎないでくださいね……」

「ふふふ……可愛《かわい》いんだから」

頬杖《ほおづえ》をついていた星良《せいら》さんが、目の前のグラスに入ったお酒に口をつけた。

そして少し下を向いて……。

「やっぱり、まさとがそんな有象無象のボーイと同じわけないのよ。間違ってるのはあの子達。まさとは唯一無二で、私だけの……」

「……え？」

「……なんでもないわ」

なんか小声で何かを言っていた気がしたが……よく聞き取れなかった。

ぱっと顔を上げた星良《せいら》さんが、何かに気付いたように俺の身体《からだ》を凝視する。

「そういえば、最近ちょっと筋肉ついたんじゃない？　最初会った時はあんなにひょろっとしていたのに」

「ええ？　そうですか？　そんなことないと思うけどなあ……」

たしかに由佳《ゆか》とのバスケもあって最近運動する機会は多いが……ってまた由佳《ゆか》とのことを思い出してしまう。

「ほら、この辺の腕とか……」

身体《からだ》を寄せてきた星良《せいら》さんが、俺の腕を優しく握る。

その時、由佳《ゆか》の一件を思い出していたからかもしれないが。

――反射的に、俺は少し引いてしまった。

その反応を見て、星良《せいら》さんが驚いて手を引く。

……少し、気まずい間があって。

「——どう、したの？」

「あ、いえ……違くて……」

ヤバイ。なんでこんなことになってるんだ？

先週からやっぱりおかしくなったみたいだ。……でも、本来これが正しいのかもしれない。

距離感を、ちゃんととらないと——。

と、思ったその瞬間。

いつの間にか、真隣まで詰めてきた星良《せいら》さんの腕が、俺の逆側の腰に回される。

そのままぐっと、星良《せいら》さんの方向に引き寄せられた。

「なんで、避けるの？　まさと」

女性特有の柔らかい匂いが、強く香った。

「いや……えっと、そういうんじゃないんです、けど……」

もう星良《せいら》さんもだいぶお酒が回っているのだろう。

顔が、かなり赤かった。目鼻立ちが整った星良《せいら》さんの顔が近くて、身体《からだ》が固まってしまう。

「わかった。他の女になにかされたんでしょ」

「……！」

「なるほどね。この前接客してた可愛《かわい》い子？　なにされたの？　怒らないから、教えて？」

「いや、ちが……」

右手を握られる。星良《せいら》さんの左手は相変わらず俺の腰をしっかりと絡《から》めとっていて、身動きが取れない。

「ねえ、まさと……」

「は、はい……？」

星良《せいら》さんの細くて長い指が、俺の指の間に入りこんで来る。

一本一本。じっくりと。

やがて完全に、いわゆる恋人繋《つな》ぎが完成した。

握られたその手は、言葉にしなくても雄弁に、「もう放さない」と、言っているような気がして。

「プレゼント気に入ってくれたのよね？」

「は、はい……」

「じゃあさ……」

耳元に、顔を寄せてくる聖良《せいら》さん。

だ、だめだ。ダメなのに。

思い切り聖良《せいら》さんをどけることが、俺にはできなかった。

……ああ、そうか。

俺は、由佳《ゆか》の件があってこれからは距離感とか、ボディタッチとか気をつけなきゃなって思っていたけれど。

それはもうあまりにも遅すぎて。

妖艶《ようえん》な笑みを浮かべた聖良《せいら》さんが、耳元で囁《ささや》く。

「……アフター、行きましょう?」

必死にもがいたってもう遅い。

もう既に俺は、ずぶずぶと深い沼に首元まで浸《つ》かっていたのだ。

エピローグ

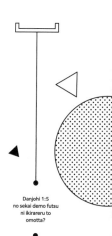

まだ、どこかふわふわとした気持ちのまま、私は家に帰りました。

ぼーっとしたままお風呂《ふろ》にも入って、ルーティーンのストレッチも、身体《からだ》が覚えてるからという理由だけでとにかくやって。その後促されるままに食卓について、ご飯を食べた。

味もよくわかってないけれど、お腹《なか》は空《す》いていたみたいで、いつの間にか夕飯は食べ終えていて。

「……ごちそうさまでした。今日はもう寝るね」

「あら、そう？　由佳《ゆか》あなた帰ってきてからちょっと変だけど、なにかあったの？」

「い、いやいや全然変じゃないよ。じゃあ、おやすみ！」

食器をシンクにまで持っていった後、私はお母さんから逃げるように自室へと戻りました。

早足で廊下を歩いて、自分の部屋へ。

後ろ手に勢いよく扉を閉めて――私は、ベッドにダイブした。

「はーっ……！」

思い切り、布団《ふとん》を抱き締める。こうしてみてようやく、自分の心臓の鼓動がまだうるさいくらいにバクバクと音を立てていることに気付きました。

目を閉じれば、すぐにでも思い出せる。驚いたような将人《まさと》さんの表情。自分の視界一杯に広がった、大好きな人の顔。

初めて見た、照れて顔を赤くさせる将人《まさと》さんを前に、私は言葉にできない、背筋がゾクゾクとするような感じを覚えました。

思いっきり抱き締めて、それで……。

唇に、人差し指を添えてみる。ハッキリと、残っている……将人《まさと》さんの唇の感触。ファーストキスはレモンの味……なんてどこかで見たけれど、レモンがどうとか、そんなことを考える暇は全然無くて。ただただ、目の前の大好きなお兄さんの全てを感じたくて。

「よかった、なあ……」

思い出してみても、今まで我慢していた分が爆発したように、ただただ将人《まさと》さんを味わっていたと思う。

もちろん、いくら味わっても満足なんかしなかったけど、いつまでもバスケットコートで押し倒したままというわけにもいかず……。残念だったな。もうちょっと、ああしていたかったな。なんて。

仰向けになって、思い切り大の字になってみる。それでも、気持ちが収まらなくて。

「好き……大好き……」

小さく呟《つぶや》いてみれば、身体《からだ》が熱を帯びて。自分自身の心が、将人《まさと》さんを強く求めているのが、わかります。

今はいない将人《まさと》さんに想《おも》いをぶつけるかのように、もう一度布団《ふとん》を強く抱きしめてみる。そんなことでは満たされないとわかっているけれど、そうしないと、溢《あふ》れ出《で》るこの気持ちのやり場が無くて。

大きく、息を吐いて、気持ちを落ち着かせる。

今日のことは、きっと一生忘れないと思う。それだけ、私にとって、大事で、素敵で、最高の一日になった。

大好きなバスケットボールについても、将人《まさと》さんに勝つためにこっそり練習してきて、それを達成できたことも嬉《うれ》しい。

もちろん、あれは1回勝負だからこそ勝てただけ。まだ技術も経験も、将人《まさと》さんには遠く及ばない。

でも、きっと、『妹』という感覚から抜け出すためには、バスケで将人《まさと》さんに勝つことは必要な一歩だったと思う。隣に立つためには、いつまでも教えられるだけの存在じゃダメだから。

将人《まさと》さんに想《おも》いを伝える時は、バスケで勝った時。

そう決めていたからこそ、今日は本当に嬉《うれ》しかったし……。

そして何より、あんな将人《まさと》さんの姿を見れたこと。

「っ……！」

思わず、布団《ふとん》に顔を埋《うず》める。

今思い出しても、背筋がゾクゾクと震えるのがわかった。ああ、素敵で、カッコ良くて、だけど……あんな可愛《かわい》い表情もできる、将人《まさと》さん。やっぱり、あんな人は世界に1人しかいない。

今日あれだけ口づけてわかった。あんなに甘くて、ちょっとえっちな、そんな感覚を味わったら、もう戻れない。

――ねえ、大好きな、将人《まさと》さん。

私困りました。だって、どう考えたって。

私これから会うたびに……我慢できる自信がありません。

【あとがき】

最近、ガールズバーに久しぶりに行きたいけど勇気が出ない。三藤孝太郎《みふじこうたろう》です。

この度は『男女比1：5の世界でも普通に生きられると思った？』2巻を購入いただき、ありがとうございます。

……いやっていうのもね？　実は私がガールズバーやらその手のお店に行ったのは、実はもう3年ほど前が最後でして……その頃の記憶を頼りに、本作のボーイズバーのシーンを描いているのですが、だいぶ記憶があやふやになってしまっているんですよね。ということで取材を兼ねて行きたいのですが、一人で行くのちょっとレベル高くない……？

というかこれって取材になるのか……？　経費で落ちたりしませんか？　……あ、ダメ？

さて、茶番は終わりにして……大変お待たせいたしました。圧倒的清楚《せいそ》力JKが満を持して登場です。これでヒロイン勢ぞろい、そして最後には、ヒロインレースにも動きあり、とそんな2巻になりました。

本作のラストシーンはネット掲載時でも反響が大きかったお話なので、ここまで描くことができて本当に良かったです。……あ、星良《せいら》さんに誘われる所じゃないよ？

ネット連載から書籍化となった本作品ですが、この2巻からはネットに掲載されていないお話が増えてきました。というのも、実はネット連載をしていた時は、お話のテンポを意識するあまり、矢継ぎ早に展開を詰め込み過ぎたんですよね。なので、お話の本筋はもちろん変えることなく、しっかりとキャラクター達に感情移入していただけるよう、エピソードを盛り込んでみました。楽しんでいただけたでしょうか。

そして、おそらくこの2巻発売と同時に告知がされているとは思いますが、なんと本作のコミカライズが決定いたしました！　やったね！

自分で言うのもなんなのですが、この作品の一番の魅力はヒロイン達の可愛《かわい》さや感情表現にあると思っているので、その辺りが見えやすい漫画化というのは、作品の魅力をより強く伝えてくれるのではないかなとウキウキしております。続報をお待ちください！

前巻から引き続き、謝辞を。コミカライズに関して尽力してくれた、担当編集のS氏。いつも感謝です。そしてそれを受け入れてくれた、編集部の皆様にも感謝を。

そして素敵なイラストを描いてくださるJimmy様。今回も本当に最高のイラストありがとうございます。いやほんと口絵の由佳《ゆか》、あまりにも可愛《かわい》すぎない？

そして本作を手に取ってくださった皆様に感謝を！　次巻でもお会いできることを、心より祈っております！　それではまた！

喫茶店で恥ずかしげもなく由佳《ゆか》と星良《せいら》さんをパソコンの背景に設定しながら

三《み》藤《ふじ》孝《こう》太《た》郎《ろう》

◉三藤孝太郎著作リスト

「男女比１：５の世界でも普通に生きられると思った？
～激重感情な彼女たちが無自覚男子に翻弄されたら～」（電撃文庫）
「男女比１：５の世界でも普通に生きられると思った？②
～激重感情な彼女たちが無自覚男子に翻弄されたら～」（同）

本書に対するご意見、ご感想をお寄せください。

ファンレターあて先
〒102-8177　東京都千代田区富士見2-13-3
電撃文庫編集部
「三藤孝太郎先生」係
「jimmy先生」係

本書は、カクヨムに掲載された『貞操逆転世界で普通に生きられると思い込んでる奴』を加筆・修正したものです。

電撃文庫

男女比《だんじょひ》1:5の世界《せかい》でも普通《ふつう》に生《い》きられると思《おも》った?②
～激重感情《げきおもかんじょう》な彼女《かのじょ》たちが無自覚男子《むじかくだんし》に翻弄《ほんろう》されたら～

三藤孝太郎《みふじこうたろう》

2024年6月10日　初版発行

発行者　山下直久
発行　株式会社KADOKAWA
〒102-8177　東京都千代田区富士見2-13-3
0570-002-301（ナビダイヤル）
装丁者　荻窪裕司（META＋MANIERA）
印刷　株式会社暁印刷
製本　株式会社暁印刷

●お問い合わせ
https://www.kadokawa.co.jp/（「お問い合わせ」へお進みください）
※内容によっては、お答えできない場合があります。
※サポートは日本国内のみとさせていただきます。
※ Japanese text only

※定価はカバーに表示してあります。

ISBN978-4-04-915649-2　C0193　Printed in Japan

電撃文庫　https://dengekibunko.jp/